RYU NOVELS

異邦戦艦、鋼鉄の凱歌

マレー沖の激突！

林　譲治

CONTENTS

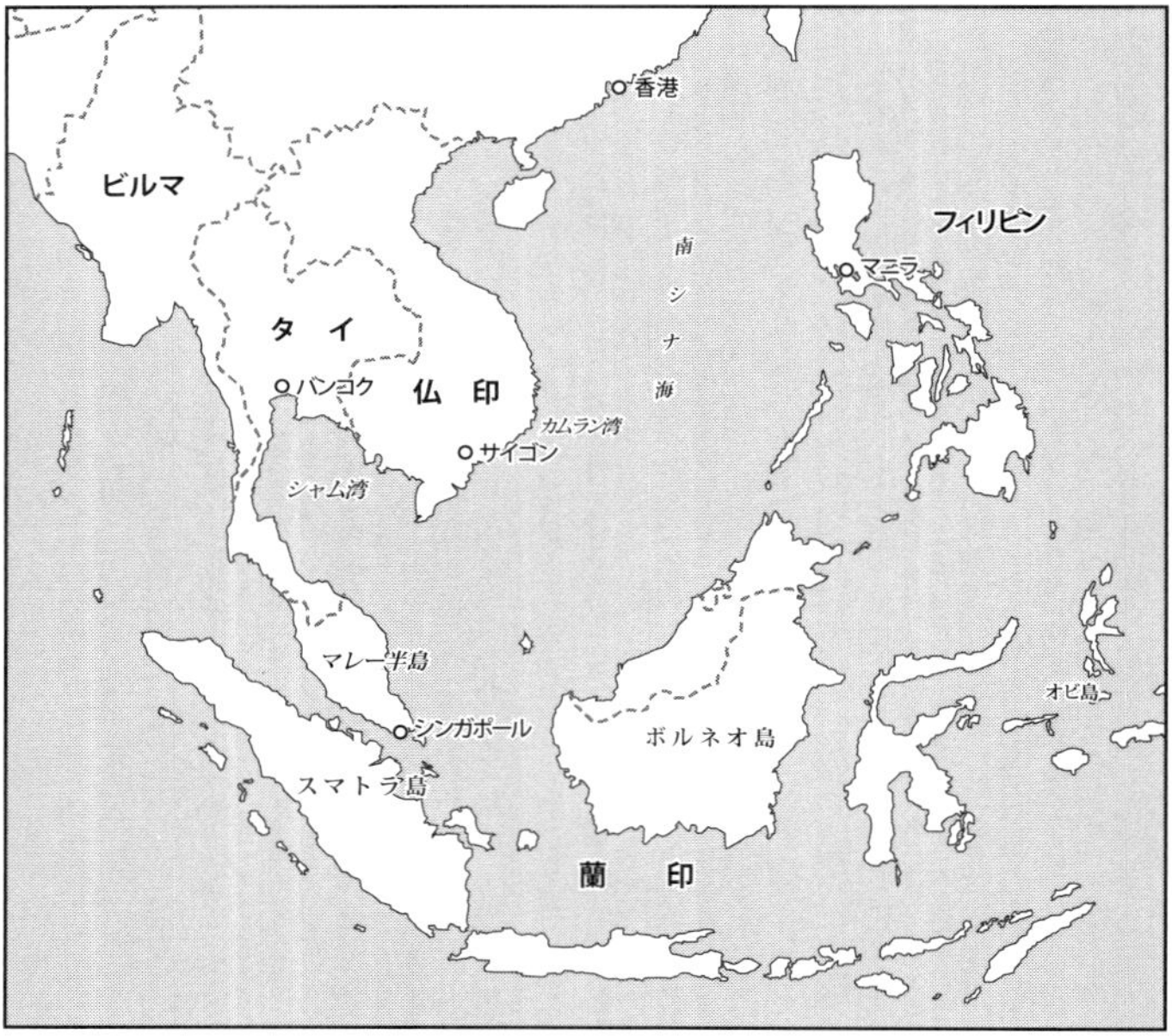
香港
ビルマ
フィリピン
南シナ海
マニラ
タイ
バンコク
仏印
カムラン湾
サイゴン
シャム湾
マレー半島
シンガポール
スマトラ島
ボルネオ島
オビ島
蘭印

プロローグ
一九四四年一月、北太平洋

冬のアリューシャン列島は、人間にとって一年でもっとも過酷な季節となる。それは人間に対して近寄るなと警告しているかのようであった。

じじつ、こんな時期にこの海域に出かける人間は少ない。とは言え、皆無ではない。

生きるために冬の海に出漁しなければならない人間もいる。まして軍人ともなれば、命令にしたがい、冬でも夏でも出撃すべき場所に出撃しなければならぬ。

なぜなら、敵も同じ海で活動しているからだ。

「てーっ！」

砲術長の命令一下、日本海軍第五艦隊旗艦である戦艦丹後の三基六門の四二センチ砲が咆哮《ほうこう》する。

それは空包であったが、砲撃による衝撃波は砲塔周辺に張りついた氷を粉砕するには十分な威力を持っていた。

鉄の塔である艦橋から甲板にいくつもの氷の塊が落下し、砕ける。先ほどまでの吹雪は収まり、周辺は靄《もや》に覆われているものの、それでも五メートルほどの視界はある。

内務科の人間たちが、甲板上の氷を海中に捨てる作業を始めていた。しかし、視界が五メートルでは作業の音が聞こえるだけで、羅針艦橋から作業の様子は見えなかった。羅針艦橋だけでも、小さなビルほどはあるからだ。

「ようやく電探も生き返りました」

情報参謀が木村昌福《まさとみ》司令官に報告する。

第五艦隊所属の北方部隊は戦隊編成であるため、指揮官は木村司令官だ。ただ通常の戦隊司令部とは異なり、情報参謀が置かれるなど幕僚は充実していた。

「美幌と千歳の航空隊はどうなっている？」

「悪天候のため、哨戒飛行は中止となっています。予報では一両日は飛行できないだろうと」

「そんな広範囲なのか」

「アリューシャン方面は濃霧だけですが、美幌も千歳も大雪のため、滑走路の保全で手一杯とのことです」

この時期、美幌飛行場を中心に陸攻による北太平洋方面の哨戒が行われていた。機材調達の関係で九六式陸攻が中心ではあるが、わずかながら銀河も配備されている。

その理由は言うまでもなく、敵部隊の策動があるからだ。

千歳の飛行場は、自身も直接当該空域の哨戒にあたるほか、そうした美幌飛行場をサポートする役割も負っていた。

つまり、北方域における航空戦力の縦深《じゅうしん》を深くするわけである。とは言え、それもこれも冬場ともなれば天候次第であった。

「美幌が飛べないと言うなら、索敵機も無意味か」

「一両日中は」

木村司令官は、そのことの意味を考える。

この方面に進出している敵艦隊は、空母一隻に戦艦一隻を伴っているらしい。だからこそ、第五艦隊に戦艦丹後が編入された。

だがもしも、この二四時間のあいだに敵艦隊と接触するとしたら、自分たちは陸攻隊の支援を受けられず、敵艦隊もまた空母戦力を生かせない。

その状況で戦艦同士がぶつかったら、あたかも日露戦争の日本海海戦のごとく、砲戦が艦隊の死生を決することになる。

むろん、今と昔では時代は違う。日露戦争の頃なら、そもそも飛行機はなく、この濃霧では遭遇戦が起こるのは万に一つの奇跡であろう。


しかし、今日は違う。電探の存在がすべてを変えた。

もちろん、電探で敵艦の位置はわかっても、射撃が可能とは限らない。

航海なら衝突しない程度の角度精度でもよかろうが、砲戦ではミリ単位の精度が要求される。だから遠距離では、電探による砲戦は行えまい。

実際のところ、敵と遭遇したらどう動くべきか。木村司令官はそのことを、ずっと考えていた。

もちろん、相手があることだ。しかし主導権は、その気になれば自分たちが掌握できるだろう。

この海域に活動しているのは、新鋭戦艦のアイオワ級であると聞く。そして、既知の情報を信じるならば、最高時速三二ノットの戦艦丹後のほうが速力で勝る。

敵艦が戦闘を回避しても、自分たちに敢闘精神があれば敵を追跡し、戦端を開くことができる。だから海戦の有無は、自分の腹ひとつとなる。で、どうするのか？

戦いを避けるという選択肢は、もちろんある。この濃霧だ。砲戦をしても意味はない。あるいは天候が回復するまで敵艦隊を追跡し、そこで海戦を始めるという手もなくはない。

だが木村司令官は、それは悪手と考えていた。追躡《ついじょう》を続ければ、敵にも電探はあるからすぐに気がつくだろう。

つまり、自分たちは敵が行きたい場所に行かねばならない。追跡をしているようでいて、じつは敵にイニシアチブを握られることになる。

敵には、まず間違いなく空母がある。となれば、敵は美幌空がやって来られない遠距離に自分たちを誘導し、その上で天候が回復したら、空母で攻撃を仕掛ける可能性が高い。

敵艦隊の指揮官といえども、戦艦アイオワがあるからと言って、戦艦に戦艦で戦う義務も義理もない。それよりも勝つことだ。

だから木村司令官は、現状での遭遇戦ならば短期決戦でいくと決めていた。

この濃霧の中なら、敵空母は戦力にならない。空母は存在しないに等しく、むしろ敵艦隊は空母の存在に足をすくわれる可能性さえある。

自分たちは空母の分だけ不利であるが、この濃霧でそれが五分《ごぶ》になるなら、いまこそ戦わねばならない。

濃霧の間に敵空母を無力化できるなら、以降の戦闘は天候に関わりなく、自分たちに有利に進めることが可能だろう。

それにはどうすべきなのか？

木村司令官には腹案があった。ただ、それが実戦で通用するかどうか、それがわからない。

羅針艦橋から見える外の景色は、太陽光が複雑な乱反射をして妙に明るい。後方に続く軽巡洋艦阿賀野の姿は見えないが、それでもさすがに軍艦だけあって、明るい濃霧の中の暗い領域として存在感を示していた。

その暗い領域からも、妙に遠近の感じられない金属を叩く音が聞こえる。戦艦丹後のように砲撃の衝撃波で氷を粉砕できないとなれば、バールか何かで凍てついた氷を叩き落とすしかない。

おそらく後方に連なる六隻の駆逐艦でも、同じことが行われているのだろう。

その時、電話が鳴り、それを受けた参謀の様子が変わる。

「逆探が、敵部隊の電波を捕捉しました。前方とのことです」

「電探に反応は？」

「まだありません」

木村司令官は賭けに出る。

この濃霧で敵艦隊が原速以上の速力で移動するとは思えない。そして逆探は前方と言っているが、角度分解能が低い装置だから、前方と言っても、左舷前方から右舷前方まで比較的広範囲が考えられる。

なので電探を止め、逆探を頼りに航行する。針路変更だけは極超短波の無線電話を使う。

それでも部隊がはぐれる可能性があるので、駆逐艦六隻には直進を命じていた。

電探を使用しなければならなくなった時にも、直進していることさえわかれば、再集結はさほど難しくない。多少の混乱は覚悟の上だ。

逆探は、前方の敵電探が右舷側に移動しつつ、感度を上げていることを告げている。おそらく敵は、右舷から自分たちの針路を横切るような位置関係で移動しているのだろう。

戦艦丹後と軽巡洋艦阿賀野は何度か針路を変え、逆探の反応を見る。

ある程度の時間移動しても感度と方位に変化がないとしたら、それが敵艦隊の速力と大まかな針路であろう。

そうしたことを続けながら、木村司令官は敵部隊の針路を推測した。そしてそれを確認すべく、電探を作動させる。

まず駆逐隊の位置を確認し、集結を命じる。駆逐隊はおおむね予想通りの位置関係にあった。

「司令官、電探が敵艦隊を捕捉しました」

「状況は？」

「敵艦の総計は八隻。大型艦四隻に駆逐艦四隻と思われます」

「戦艦に空母、巡洋艦二隻、駆逐艦四隻、そんなところか」

大場艦長が電探の報告を、そう分析する。その分析を木村司令官も妥当なものと考える。

電探によると、計算した通り彼我《ひが》の距離は五〇キロほどあるという。自分たちから見て右舷方向を斜めに横切る形で、単縦陣で進んでいる。それも想定内だ。

「よし、突撃だ！」

濃霧の北太平洋で二つの艦隊がいま、ぶつかろうとしていた。

第一章
中村造船所

1

一九四一年一二月七日は日曜日だった。タイのバンコクに近い中村造船所も、日本に合わせて休日である。

ただし、一部の人間たちは働いていた。あるいは働こうとしていた。

中村造船所はシャム湾に面していた。設立経緯に紆余曲折はあったものの、いまは株の過半を日本の中村商会が保有しており、タイで最大規模のこの造船所には、だから中村という日本名が掲げられている。

中村造船所に落ち着くまでは、アユタヤ造船所だったり、クライドバンク・バンコク造船所だったりもした。

たかが造船所の名前と言うなかれ。名前とは権力の所在を表し、つまり、そこを管理しているのが何者かを表している。たとえそこが外国であったとしても。

その日、造船所の警備員は特に数が増えているわけではなかったが、タイ人や中国人の警備員は一人もおらず、全員が日本人警備員であった。

そういうことは警備員のシフトの関係で何回か起きていたので、特にそれに不審を抱く人間はいなかった。

何班かに分かれている警備員のシフトが巧みに調整され、今日のこの日に、全員が日本人で揃うことは数ヶ月前から準備されていた。だからこそ、不審を抱かれないのだ。

造船所内にはクライドバンク・バンコク造船所時代の名残で、カナダ製の四輪駆動車シボレー8445やモーリスの軽トラックなどの車輌が多数残されていた。

そして中村造船所では、そうした車輌に小銃弾を防げる程度の装甲を施し、簡易装甲車を何輌か製造していた。造船所だけに、そうした工作は容易《たやす》いとは言わないまでも難しくない。

中村造船所の玉木支配人は、造船所の管理棟の屋上にのぼる。いつもなら、そこからは造船所やシャム湾に面した港の様子が見えていた。

だがいまは、視界の大半が二隻の軍艦により遮《さえぎ》られていた。タイ海軍が誇る戦艦ターチンと姉妹艦の戦艦メークロンだ。

二隻は、この造船所でかつて建造された。否、この二戦艦を建造するために、この造船所は建設されたと言ってよい。

それは、タイやフランス領インドシナを含む国際政治の合成ベクトルの結果である。それゆえに中村造船所には不思議なアンバランスがある。

基準排水量三万五〇〇〇トンのこの二大戦艦を

除けば、いま中村造船所で建造されている船舶は、最大でも五〇〇〇トンの貨物船が一隻に過ぎず、大半の船舶が二〇〇〇トン以下の小型商船だ。

政治的必要性から建設された造船所と戦艦だけに、そこには必ずしも経済的合理性はない。

だからこそ、経営難で経営主体や持ち主が何度も変わったのだとも言える。偶然にも助けられ、イギリスのクライドバンク社が経営難からクライドバンク・バンコク造船所の手持ち分の株を売却し、中村商会がすべてを購入した。

そして、中村商会は堅実な経営を心がけ、量産型の小型船舶の建造に傾注し、赤字続きの経営をなんとかトントンにまで回復していた。

来年は黒字という時に、国際情勢は一気に緊張の度合いを高めた。だからこそ、玉木支配人はこの時、この場にいたのである。

「あと一二時間ですか」

副支配人の増田が状況報告に現れる。造船所の時計は戦艦の陰で見えないが、腕時計は七日があと一二時間以内に終わることを示していた。

「状況は？」

「小沢司令長官がイギリス軍偵察機に対して発砲したそうですが、それ以外は大きな動きはありません」

「発砲だと！　この大事な時期に何を考えているんだ、あの人は！」

「とりあえず、イギリス軍に動きはないそうです。後続の偵察機も来ていません。船団がタイに向かっている時点での話です」

「だとしても、それは軽率じゃないか」

そこまで言って、玉木支配人は大きく息をする。いまさら過ぎたことを、しかも遠くの艦隊のことをどうこう言っても始まらない。それよりも、いまは自分の任務のことだ。

「造船所の監視は相変わらずか」

「そのようです。いつもの自動車が入口を見張っています。特に増員の動きもないので、こちらの意図が気取られてはいないと解釈していいでしょう」

「できれば装甲車は出さずにすませたいからな」

玉木も増田も造船所の人間として働いているが、本来は日本海軍の少佐と大尉だ。

南方の資源地帯を確保する第一段作戦、その一環として彼らはここにいる。

「見張りは主たる街道に配置しています。おかしな動きがあれば電話連絡がありますし、万が一にも電話線が切断されるような事態になれば、定時連絡が途切れることで、異変を察知できます」

「そちらも異常なしか」

「はい」

秘密の漏洩を恐れて、玉木支配人らには命令文の類は一切届いていなかった。

今日はここに日本人しかいないが、普段はタイ海軍の人間はもとより、イギリス人などを含む数カ国の人間が出入りする。

そういう複数の人間が出入りする場所だけに、スパイには警戒しなければならない。否、すべてにおいてスパイがいるという前提で動かねばならない。

皮肉なことに、この造船所でもっとも秘密が秘密でない存在が、ターチン級戦艦だろう。複数の国々が関わる造船所ゆえに、戦艦の図面も複数の国々が関わっていた。

そして軍縮条約が有効な中で、関係国が新機軸をこの戦艦に投入するため、そこで得られた知見は、そのまま関係国の海軍に筒抜けだった。

日本を含め、この造船所に関わる造船技師には退役したとか予備役《よびえき》の海軍技師も少なくなく、機密を守ることそのものが不可能な状態にある。

ある意味で、関係国が互いの技術的な手の内を晒《さら》すことで、力の均衡が維持されているような面もある。

それはタイ海軍にとって不利なようであるが、必ずしもそうではない。性能が知られるにせよ、自国の造船所で戦艦が建造されるというプレゼンスは決して小さくない。

じっさい昨年の仏印とタイの紛争も、タイ海軍が戦艦ターチンとメークロンを出動させた結果、シャム湾の制海権をタイが確保したことで、紛争は早期解決している。

タイ王国としては、海軍力の誇示に役立つ戦艦を求めたわけであり、それが、各国が新機軸を投入した新型戦艦であればあるほどプレゼンスは大きくなる。その意味で、情報公開は彼らにとっても悪い話ではなかったのだ。

ただ、戦艦建造のクライアントであるタイ海軍がこのような状況であるから、各国の関係者も重要な指令について文書は残せず、口頭と記憶に頼るしかなかった。

それもあって玉木支配人も増田副支配人も、南方侵攻の第一段作戦がどんなものか知らなかった。作戦開始と同時にマレー半島に侵攻するくらいの知識しかない。編成も戦力も何も知らないに等しい。

限られた記憶力なのだから、他人の編成より自分の仕事を覚えろということだ。

これもあって、玉木には作戦目的達成のための強い権限が与えられていた。つまり、教えるより考えさせるほうが合目的ということだ。

昼間はこうして過ぎて行き、やがて夜になる。

中村造船所には陸路から人が出入りするのが通常だが、港に面している造船所という構造から、海上バスによる移動も可能であった。

一〇〇トンに満たない、平たい船が夕方にひっそりと出発すると、夜間になって無灯火で戻って来た。

そして、警備員の服装の一団が数十人ほど降りてくる。それらは桟橋に用意された車輌に分乗すると、再び造船所のいくつかの入口に向かった。

この時点で、玉木支配人はシボレー８４４５に電話を引いて移動していた。自動車に移動したのは臨機応変に対応するためだ。これだって簡易装甲もなされ、装甲車的に戦える。

ただ、玉木支配人が車内ですることはほとんどない。部下たちは、二隻の戦艦の乗員たちとともに燃料と飲料水を補充しているが、動きらしい動きはその程度だ。

戦艦の乗員は、定数では一〇〇〇人ほどであるが、タイ海軍の乗員育成と訓練はそれほど進んではいない。

所有する艦艇が海防艦や砲艦程度の海軍なのに、駆逐艦や巡洋艦を飛ばして世界一流の戦艦二隻を持っている。

海軍力のプレゼンスとして、それはそれでいいとしても、現実の戦力化となると話は違ってくる。

戦艦だけが二隻というアンバランスな艦隊編成のため、人員の異動も難しく、人材育成も戦艦に合わせて大量育成をすれば数年で過剰になるし、安定してまわそうとすれば、やはり数年は乏しい人員でまわしていかねばならない。

日本なりイギリスなり、海外から人を雇うという方法もなくはないが、建造に関わった関係国の話し合いで、運用には関わらないことが取り決められていた。ワシントン海軍軍縮条約の抜け道として活用されないためである。

これは、関係国の本音がまさにワシントン海軍軍縮条約の抜け道にあった点で、重要な問題だった。結果として、自分も諦めるからお前も諦めろということで、プラスマイナス・ゼロで手打ちになったわけだ。

これにはタイ王国海軍の「外国人の手は借りたくない」という意向も強く作用していた。それゆえに建造施設の管理権が、より重要になっていたのだ。

ただ政治的判断は判断として、現実には二隻の戦艦は、小規模な訓練以外にほとんど外洋に出ることがなかった。

乗員定数を満たせないために日帰りで航行して、砲塔一基を動かして終わり。人材教育が軌道に乗るまでは、こうした運用で我慢するしかなかったのだ。

日曜日の今日は、だから戦艦内に残っている乗員はそれぞれの艦で一〇〇人もいないだろう。

大半は日曜なので艦外に出ている。なおかつ、先月末から二戦艦は定期補修で中村造船所に戻っており、乗員の多くが地上勤務についている。

順番が逆ではあるが、タイ海軍は巡洋艦の導入も検討しており、艦隊のバランスを是正しようとしていた。それで人材教育も人事もうまくいく。

ただ、巡洋艦は外国に発注する計画だった。

二戦艦を扱える軍港がないため、中村造船所が母港としての役割を負っていた。なので巡洋艦を建造できるドックが塞がっているのだ。

巡洋艦を建造できる施設を建設するまでは、海外に頼るよりない。そういう部分で、二戦艦は色々な矛盾をはらんでいる。

そのため、戦艦に搭載されている砲弾や装薬は半分ほどで、糧食もその程度だった。

玉木支配人も、それらを定数通りに積み込むとしたら大事になるので、いまは手をつけない。それよりも燃料こそが重要だ。

海上バスの人間は、沖合に停泊している貨客船から移乗してきた。入管は通過していないから、不法入国と言えば不法入国だ。

通常なら大きな問題となるところだが、いまそれを問題とするものは、どこにもいないだろう。知らなければわからないし、知っていたとしても、その背景の前には密入国など些事に過ぎなくなる。

警備員の制服を着用しているが、全員が短機関銃で武装していた。企図の秘匿のために海外からとなったが、どういう調達によるのか、それらは箱形弾倉のトンプソンサブマシンガンだった。

フィリピン経由ではなかろうかとのことだったが、玉木支配人もそれ以上のことはわかっていない。わかったところで、何がどうなるものでもない。

玉木支配人が待機しているシボレー８４４５には、配置についたという報告が次々と届いた。

そのつど彼は時計を見るのだが、作戦開始時間にはまだ数時間ある。そんなイライラした時間に、電話ではなく無線が入る。

「なんだ?」

玉木支配人は嫌な予感がした。部下たちを輸送してきた貨客船天神丸から報告がある時間ではない。

天神丸は三〇〇〇トンほどの小さな船だ。建造されたのは大正で、蒸気レシプロ機関で動く老朽船。目立たないようにとの配慮だが、それだけに何かあった時には、もっとも脆弱《ぜいじゃく》な戦力だ。

「イギリス海軍の駆逐艦が天神丸を監視しているとのことです」

「イギリスの駆逐艦!? 間違いないのか?」

玉木支配人はその報告に、まず疑念を覚えた。それは本当にイギリス海軍の駆逐艦なのか?

彼がそう考えたのは、ほかでもない、タイ海軍は艦艇の多くをイギリスに発注してきたからだ。

だから、いまここで駆逐艦のような小型艇がいたとしても、それをイギリス海軍のものと判断することはできない。

そして、いまここにイギリス海軍艦艇がいたとしたら、自分たちの任務にとって大きな障害となる可能性があるのだ。

「国籍は確認したのか？」

「イギリス国旗を掲げているそうです」

「イギリスか……本当に？　厄介だぞ」

天神丸はタイの領海の外に停泊している。一応は公海上にいる。つまり、それを監視している駆逐艦も、公海上にいることになる。

天神丸はまだしも、イギリス海軍の駆逐艦が勝手にタイの領海内に入ることは問題となる。

とは言え、こんな海域に進出しているのは十分に剣呑《けんのん》だ。

「天神丸からは、臨検を受けた場合どうするかとの問い合わせがきておりますが」

そんなことは自分で判断しろと言ってしまえば楽なのだろうが、この作戦では玉木支配人が責任者だ。

そもそも秘密保持の関係で天神丸の船長は、乗員が海軍陸戦隊の人間とは知らないし、玉木支配人が海軍少佐であることも知らされていない。

ただ中村商会が、何か非合法なことを行うのに加担しているという認識に過ぎない。おそらくは、密輸か密入国の斡旋か何かと思っているのだろう。

だから天神丸の船長に、イギリス駆逐艦への適切な対応を期待することは無理な話だ。

「臨検する権利がないことを言って、突っぱねさせろ。それでも武器をちらつかせてきたら、おとなしく受けろ。それと、いまのうちに書類はすべて罐にくべろ」

「わかりました」

果たして、船長は臨検を拒むだろうか？

玉木支配人は五分五分と考えていた。普通なら、あの船長は臨検を受けるだろう。ただ、いまは状況も違う。

理由は、去年の一月に起きた浅間丸事件だ。イギリス軍艦が、乗客に捕虜となるべきドイツ人がいるとして公海上で浅間丸を臨検し、ドイツ人二一名を連行した事件だった。

日本の世論を沸騰させただけでなく、同盟国の人間を引き渡したと、船長にも世論の批判が集中した事件である。

あの船長も、臨検を諾々と受け入れた場合、帰国後に自分や家族が周囲からなんと言われるかを考えたら抵抗しないわけにはいかないだろう。

ただ、国際法上は確かにイギリス側の臨検は合法的だったのも事実であり、浅間丸が臨検を受け入れなかったら、船ごと拿捕《だほ》されていた可能性もある。

だからあの船長がそこまで国際法に通じていれば、受け入れる可能性はやはりある。

ただ正直なところ、玉木支配人はイギリス駆逐艦が天神丸を臨検することを望んでいた。

民間人に扮した陸戦隊員はすでに全員が移動を完了し、乗船していたという証拠は何も残っていない。

書類の焼却は指示したが、焼却されなくともそれで何かがわかるわけはないし、奇跡的に何かがわかったとしても、その頃には手遅れだろう。

だからいまこの重要な時期に、イギリス駆逐艦には天神丸のことで踊っていてほしいわけだ。

だが駆逐艦は動かなかった。臨検もしない代わりに立ち去りもしない。

「支配人、例の駆逐艦ですが、どこかと通信をしています。それがどうも、軽巡がもう一隻、どこかにいるようです」

「軽巡だと!?」

「確定ではありませんが、シンガポール在泊の軽巡の通信員の打鍵の癖と同じなので」

「軽巡か……」

考えてみれば、タイの領海ぎりぎりに駆逐艦だけが来るはずもない。僚艦がいるはずで、それが軽巡というのは十分にあり得ることだ。

「軽巡を呼び寄せてから臨検でしょうか」

「かもしれん。下手すると厄介だ」

イギリスが日本軍の動きをどこまで掌握しているかは定かでない。ただ戦争が不可避というのは、内外情勢から誰にでもわかることだ。

戦争になったら、タイ国海軍の二戦艦を日本軍には渡さない。

この二隻が、日本軍の管理下に置かれるか、イギリス海軍の管理下に置かれるか。それにより、その後の戦局は大きく左右されるだろう。

じっさい、それはかねてから日本とタイ、イギリスとタイの間の外交問題となっていた。さすがに関係国も、公然とは戦争を口にしないだけの分別はあったものの、想定しているのが戦争であることは明らかだ。

だから両陣営ともに、タイの戦艦の去就に注目し、可能であれば自分たちが管理権を握るべく交渉を重ねていた。

だがタイ国王は、有事にあたって中立を宣言していた。

海軍力のプレゼンスとして建造された戦艦に対して、国王は賢明にも「乗員が定数を満たしていないため、軍役に出すことは不可能であり、本国の砲台として活用する以外の運用はできない」と、「意図」ではなく「能力」を理由に戦艦運用の中立を宣言したのである。

それは、日英にとっては最善の結論ではなかったが、満足すべきものではあった。

つまり、イギリスにとっては、劣勢の海軍力の中でパワーバランスが大きく日本に傾くのを防ぐことができた。

日本にとっては、南方侵攻作戦においてタイの戦艦により側背を襲われる心配をしなくてすむ。

外交的には、タイ国王の中立宣言で決着をみたことになっていた。

しかし、戦争の可能性が現実味を帯びてきたこの夏以降、戦艦ターチンとメークロンの存在は、中立でよしとするわけにはいかなくなっていたのだ。

特に母港である中村造船所の経営権が日本にあるいま、イギリスにとってこの戦艦は、日本の手に渡すわけにはいかない存在となっている。

そしてそのことは、日本も十分に理解していた。

2

「私だ。人員を割いて、ターチンとメークロンの高角砲を使えるよう編成してくれ。そうだ。副砲ではなく高角砲だ。タラントのようなことが起こるかもしれん」

玉木支配人は、上陸した陸戦隊の隊長にその旨を命令する。

周辺にイギリス海軍の空母などは確認されていないが、それを言えば駆逐艦や軽巡もそうだった。

日本軍が大規模船団を密かに動かしたのを敵が気がついていないように、自分たちが敵空母の接近に気がついていない可能性はあり得る。

さすがにイギリス海軍も、戦争になっていないのに、いきなり造船所に雷撃なり爆撃をかけてくることはないだろう。タラントだって英伊は互いに敵国だった。

だが南方侵攻が始まったら、イギリスと日本はその瞬間から敵となる。タイとの外交関係がぎくしゃくしても、戦艦ターチンとメークロンが日本軍の手に渡ることを彼らは阻止しようとするだろう。

だからこそ、戦艦の高角砲に人を配置することが必要になる。

そうして日付が現地時間で一二月八日になるよりも一時間ほど前、通信員が叫ぶように報告する。

「マレー部隊、動きました！」

すぐさま玉木支配人は、海軍少佐として電話で各部に作戦開始を命じるとともに、自身は増田大尉とともに海軍の軍服に着替える。

作戦が作戦なので、国際法上も日本海軍軍人の制服でいる必要があるからだ。

警備員の服装の陸戦隊員にもそれは言えるが、じつは中村造船所の警備服は昨年から海軍の防暑着風にしてあるため、記章を取り替える程度で対応できた。

玉木少佐はここで、指揮車を戦艦に向けて移動する。車体の天井はハッチになっており、そこに防循《ぼうじゅん》付きの機銃を設置すれば、簡易装甲車としても活用できる。

陸戦隊員たちは、サブマシンガンを持って無言で次々とラッタルを渡る。人手が足りないのと造船所ということで、戦艦の舷門に衛兵はいない。

陸戦隊員たちは、それぞれ事前の連絡にしたがい艦内に散って行き、各部を確保し、タイ海軍の乗員たちを捕虜とする。

厳密には、交戦国でもない相手を捕虜にはできないが、捕虜に準じる形で身柄を拘束していった。

それでも何度か銃声はした。やはり抵抗したタイ人の乗員がいたらしい。それはそうだろう。いくら日本が友好国でも、自国の戦艦を奪取しようとしたら、抵抗するのが常識だ。

「双方合わせて五名ほどの負傷者が出ましたが、いずれも軽傷です」

陸戦隊より報告がなされる。

「よし、出港準備にかかれ」

造船所はにわかに活気づく。戦艦ターチンとメークロンが収容されているドックのゲートが動き出す。

陸戦隊の機関科の人間たちが機関に火を入れ、主機を動かす準備にかかる。

幸いにも乗員が活動していたので補機は稼働中で、艦内の電力は確保されている。おかげで高角砲も動く。主砲も動かせる。

ただ戦艦を奪取した陸戦隊の人数では、戦艦乗員の定数は満たせない。増員が来るまで、できることは限られる。

玉木少佐らの任務は、戦艦ターチンと戦艦メークロンをマレー侵攻と同時に確保し、造船所を出て外洋に向かうことだ。

これはこれで、外交問題を惹起《じゃっき》することは避けられない。しかし、戦争という大枠の中では、それはまだ小さな問題であった。

南方作戦が成功し、資源地帯を日本が確保すれば、タイ政府もこの戦艦奪取問題に対して妥協的態度で臨むだろう。

一方で、その南方作戦の成否は戦艦奪取が成功するかどうかにかかっている。そういう微妙な関係にあるのだ。

玉木少佐は自動車から戦艦へと移動し、そこで直接指揮を執る。

そうして出港準備を急いでいる時、天神丸から緊急電が入った。

イギリス海軍の巡洋艦と駆逐艦が合流し、中村造船所に向かっているという。駆逐艦は数を三隻に増やし、総計四隻で迫っている。

「機関室、出港は可能か」

「まだ蒸気圧が足りません」

「わかった。敵が動き出したので急いでくれ！」

状況はまずい。おそらく敵駆逐艦は、ドックの中の戦艦に対して雷撃を行うはずだ。

日本軍の手に戦艦が渡るのを防ぐとしたら、それが一番確実だ。

つまり、イギリス軍はタイ海軍の二戦艦を手に入れるよりも、日本軍に渡さないことを優先した。

確かに奪取より破壊のほうが話は早い。

むろん、これも国家主権を侵すことになるのだが、日本の南方作戦を頓挫させることができたなら、戦艦二隻くらい安い買い物という計算はあるだろう。

それどころか、戦艦の賠償を突破口に、タイへの影響力をより強化することさえ考えられる。

隠密行動を行うにあたって、イギリス海軍が編成できた艦隊は軽巡と駆逐艦の小艦隊にとどまった。

ドックに雷撃を仕掛けるならこの程度で十分との判断だろう。ただ、敵艦隊が現状をどこまで理解しているかは不明だ。

すでに戦艦が日本海軍の人間で動こうとしていることは、彼らも知らないのではなかろうか。そのように入念に準備してきたのだから。

「高角砲の人間を副砲にまわせ！　とりあえず必要なら副砲で応戦する」

主砲を動かすかどうか迷うところだが、近距離で相手が軽巡どまりなら、副砲で対処できるはずだ。

玉木少佐は、さらに陸戦隊の一部に対して、造船所のサーチライトに向かうよう指示を出す。彼らは艦を降りるので、後から海上バスで合流することになるだろう。

高角砲に向けていた兵員が副砲に入っていく。もともとそちらを動かすための人間で、高角砲要員などこの場にはいない。限られた人員にするため、高角砲要員は省かれたのだ。

一応、高角砲も扱えるように訓練は受けているが、彼らの本職は副砲というより軽巡の一五センチ砲塔だ。

戦艦ターチンの三基ある副砲は、一五センチ連装砲塔だが、基本的な構造は日本の軽巡のそれと同様だった。

三基の副砲は、左右両舷と艦尾の第三主砲塔の前に背負い式に配置されていた。しかしいま、艦尾の副砲は位置的に使用できず、使えるのは海に面している左右両舷の副砲、連装二基四門だ。

天神丸の船長はいまひとつ信用できない男で、作戦についても何も知らない。しかし、それでもこの状況に何か思うところがあったのだろう。イギリス軍の動向を子細に報告してきた。

イギリス艦隊は、そんな天神丸を完全に無視していた。彼らが行っていることを知らないのか、老朽貨物船に関わっている暇がないのか。それとも彼らなりの騎士道精神で、民間商船には手を出さないのか。

「やはり雷撃か」

駆逐艦三隻が先導し、D級軽巡洋艦はその後方で待機している。

二戦艦は補機が電気を起こしているが、灯火管制を敷いている。艦橋の灯りで照準を定められてはたまらない。

造船所のドックに面した海上を移動しているためか、駆逐艦の速力は一〇ノットを切っていた。這《は》うような速度で彼らは接近して来た。

交通量の多い湾内も、この時間には移動する船舶はほとんどない。わずかな船舶も国家主権はどうあれ、巡洋艦や駆逐艦の存在に大急ぎで離れている。

「副砲、準備はどうか」

「四番砲塔、準備よし！」

「五番砲塔、準備よし！」

戦闘準備はできた。問題は本当に発砲するのかどうかだ。

ふと、本当にマレー作戦は実行されたのだろうかという疑念が湧く。マレー作戦の詳細は知らないが、すでに開始されていなければならない。

さもなくば、このタイの中村造船所での日英間の戦闘が、太平洋戦域での最初の戦闘になってしまう。

まさかとは思うが、自分たちの戦闘行為で大戦が勃発するようなことがあったらどうする。国の命運を自分が左右することになるではないか！

玉木少佐は我に返る。そんな馬鹿なことがあるわけがないではないか。一介の少佐に国の命運を託すほど、日本は小さな国ではあるまい。

駆逐艦は、自分たちの動向をうかがっているようだ。日曜日で乗員の大半が陸に上がっているのはわかっているのだろうが、それでも静かすぎることに違和感を覚えているのか。

だとすれば、敵ながらいい勘だ。

事態が動いたのは、駆逐艦がある距離まで戦艦に接近した時だった。造船所にある複数の塔から一斉に駆逐艦に向けてサーチライトが照射されたのだ。

夜間作業用のもので、通常は反射鏡を開いて広範囲に光を浴びせるが、反射鏡の焦点を絞れば、強い光の帯を照射することになる。それがいま、駆逐艦に浴びせられた。

夜の海に駆逐艦の姿が浮かび上がる。それと同時に、副砲から駆逐艦へと砲撃が始まった。

初弾命中には至らなかったが、いずれも近弾で、すぐに命中弾が出る。一方、駆逐艦側も反撃を試みるが、サーチライトの光芒のために照準が定められない。

すぐに三隻は速力をあげて光芒から逃れようとするも、サーチライトは駆逐艦を逃さない。その間も副砲が駆逐艦に砲弾を撃ち込む。

一隻の駆逐艦は全体が炎上しながらも、あえて雷撃を試みた。しかし、魚雷は大きく照準を外れ、艀《はしけ》に命中して四散させた。

雷撃の失敗を確認する前に、駆逐艦は燃えながら退避する。二隻目の駆逐艦はもっとも酷《ひど》く命中弾を受け、乗員が逃げ出していた。それは炎上しながら護岸に乗り上げて転覆した。

三隻目はもっとも被害が軽微であったため、ドックに一番接近していた。それは戦艦ターチンを雷撃すべく接近するも、二隻の戦艦の副砲を浴び、雷撃を行うと同時に轟沈《ごうちん》する。

それでも二本の魚雷がドックに向かう。が、それもドックのゲートに命中し、それを破壊するものの戦艦は無傷であった。

事態の推移があまりにも早過ぎたため、D級軽巡洋艦の動きは遅かった。

それでも巡洋艦のすべての一五センチ連装砲塔が、戦艦ターチンへと砲弾を放った。至近距離であり、砲弾の何発かは戦艦に命中した。

だが軽巡の砲弾では、戦艦ターチンを撃破できない。ただ侮《あなど》れないのは、軽巡にも魚雷が装備されていることと、日英ともにこのタイ海軍の戦艦建造に関わった関係で、どちらもこの戦艦の弱点を知っている。

その弱点とは、タイ王国海軍の類別標準ではターチンは戦艦に分類されている――海軍力のプレゼンスのためだ――ものの、日英の基準では巡洋戦艦に分類されることだ。つまり、戦艦よりも相対的に装甲が薄い。

そして、三二ノットの高速性能を誇るぶん、水線下の防御は手薄だった。彼らが水雷攻撃を仕掛けて来る理由も、ここにある。

装甲は相対的に薄いとしても、速力と火力は勝っていた。主砲は一六・五インチ、つまり四二センチ砲である。

それは秘密兵器である日本海軍の大和型戦艦を除けば、世界最大の口径を誇る。ただ基準排水量を三万五〇〇〇トンに収めるため、連装三基六門しかない。

「蒸気圧、上がりました！」

機関部からの報告と同時に、玉木少佐は戦艦ターチンに前進を命じた。

この状況で、地上のサーチライトは四方から軽巡洋艦に光を浴びせる。そのため軽巡は照準が定められなくなった。

だが、彼らは機銃でサーチライトに反撃する。曳光弾が一つ一つ、サーチライトを潰していく。そして、サーチライトには反撃の手段がない。

そうしている間に戦艦ターチンはドックを出港し、玉木少佐は賭けに出る。無駄な砲戦で戦艦を傷つけるわけにはいかない。

「砲員は全員、一番砲塔の配置につけ!」

連装砲塔一つを動かすだけで、五五人の人間が必要だ。それは、いま戦艦ターチンに乗っている砲術科の人間全員でも少し足りない。

しかし、ともかく軽巡を鎧袖一触《がいしゅういっしょく》で撃破するには、主砲で片をつけるしかない。

サーチライトはすでに二つになり、さらに一つになる。その間に一番砲塔がようやく旋回し、俯仰《ふぎょう》を始める。

「距離はいい! 錨頭《びょうとう》だけ合わせろ!」

砲術のイロハから言えば、常識外れもいいところだ。しかし、この至近距離での砲戦なら、砲弾は錨頭さえ正確なら、水平撃ちで命中する。

D級軽巡洋艦は最後のサーチライトを叩きつぶしたが、曳光弾によりその姿は浮き上がっていた。

そこへ戦艦ターチンの砲弾が放たれる。

遠距離なら外れていたであろう砲弾も、これだけ近いと命中界も大きくなり、砲弾は軽巡のどこかに命中することになる。

連装砲塔の四二センチ砲弾は、二発とも軽巡の船体を貫いた。

そして、軽巡洋艦はその場で火を吹いた。恐るべき偶然により、砲弾の一つが弾薬庫を直撃したらしい。

砲塔が吹き飛び、軽巡洋艦から火柱が昇った。それはバンコク市内からも見ることができ、その後、雷鳴のような轟音を市民は耳にする。

その爆風は、戦艦ターチンにも衝撃波となって叩きつけられた。そして次の瞬間、海上からは軽巡洋艦が消えていた。

「通信長、司令部に打電！　大河を制した！」

3

戦艦ターチンとメークロンはイギリス艦隊を撃破すると、そのまま南下を続けた。

ただ速力は原速を維持している。燃料は補給したが、状況によっては、ターチンやメークロンから友軍の駆逐艦などに給油することもあり得るからだ。

実際問題として、この二戦艦のマレー作戦における戦闘序列は定まっていない。

敵国でもない国の戦艦を、安全保障のために奪取する作戦自体が極秘であり、それゆえに第一段作戦には、この二隻の戦艦は加えられていないし、部隊編成もできていない。

ただ、そのままでは奪取に成功したとしても何もできない。戦力化もままならない。

なので、この二戦艦は特設運送船一号と二号という仮の名称が与えられていた。書類上は徴傭船舶を特設運送船一号と二号とすることになっており、そのための人員も用意されていた。

しかし、作戦の秘匿をあくまでも最優先した結果として、戦艦ターチン、つまり特設運送船一号の艦長は、玉木少佐が担うことになっていた。

外交を含む諸々の事務手続きが完了したら軍艦籍に編入し、大佐を艦長に迎え、しかるべき部隊編成が行われるが、それまでは玉木少佐の指揮下で運用される。

それがいつまでなのか、玉木少佐にもわからない。

玉木少佐がいささか不思議に思ったことは、いかにそれが奇襲とはいえ、戦艦二隻を奪われたからには、タイ軍の偵察機か何かが飛んで来てしかるべきなのに何も来なかったことだ。

それどころか、イギリス軍の偵察機さえ飛んで来ない。

飛んで来たのは友軍の偵察機で、九七式飛行艇が彼らの上空を旋回し、その所在を確認した。

外国の戦艦を強奪するという破天荒な企《くわだ》てが成功するかどうか（奪取できなければ火薬庫に火を放って、敵軍の戦力にならないようにする計画だった）、海軍上層部も半信半疑だったのだろう。

だから、成功後の子細については明確に決められず、臨機応変にとなっていた。飛行艇が飛んできたのも、部隊の現在位置を正確に掌握するためだろう。

つまりそのレベルで、作戦には泥縄な点があった。

「日本軍はマレー半島だけでなく、タイ領内にも侵攻しているようです」

通信員が報告する。

「タイ領内に日本軍が侵攻してる⁉」

そんな話ははじめて聞いたが、玉木少佐自身がさっきまでやっていたことを考えるなら、驚くような話ではないのかもしれない。

同時に、彼は色々なことが腑《ふ》に落ちた。

自分が南方侵攻作戦の全体像について何も教えられていないに等しいのは、いままで任務の性格から捕虜になった場合のことを懸念してだと思っていた。

それは間違いのないところだろう。だが、それだけではない。マレー半島のタイ領内に侵攻する日本軍部隊を支援する意味もあったのだ。

タイ政府から見れば、バンコク近くの造船所で日本軍により戦艦が奪取され、さらにマレー半島にも部隊が上陸する。

果たして日本軍の意図はどこにあるのか？

タイ政府側は、この状況に大混乱に陥るに違いない。

玉木少佐らが戦艦奪取に専念すればするほど、タイ政府側には日本軍全体の意図が読めなくなる。

「大川の奴か、こんなことを考えるのは」

玉木少佐は出世頭の海兵同期の名前を呟《つぶや》き、すべてが腑に落ちる気がした。

第二章
基本計画番号A130

1

昭和九年、加藤隆義海軍中将は軍令部次長の要職にあった。当時の軍令部長は皇族の伏見宮博恭王であり、実質的な事務方の仕事は次長である彼が担当していた。

この日、加藤軍令部次長は随員もしたがえず、赤坂のさる料亭に向かった。タクシーを拾い、目的地だけを告げると、口を真一文字に結んで言葉を発しない。

そんな乗客に対してタクシーの運転手も、目的地を聞くと世間話さえしなかった。

そこは政財官の要職にある人物が使う場所だ。下手なことを尋ねたり、話したりすれば、特高がやって来ないとも限らない。嘘か本当か、それで検挙された同業者もいると言う。

運転手個人は、それはデマの類と思っていたが、我が身で確認したいとは思わなかった。

「釣りはいらぬ」

客が運転手にかけた言葉は、それだけだった。

その料亭は一見すると小さな構えに見えたが、それは見かけだけで、中に入ると相応に大きな造りであった。

時間に正確であったためか、加藤はすぐに店の女将《おかみ》の出迎えを受ける。格式のある店だが、さすがに軍令部次長が客ともなると、相応の対応になるのだろう。

「お連れ様がお待ちです」

奥の離れに案内されると、洋行慣れした財界人風の男がすでに待っていた。

「お久しぶりです」

今回の酒席を用意した男、瀬良外務次官が頭を下げる。

加藤は促されるままに席につく。酒席は三人分が用意され、あと一人、来るらしい。

三人目の客も加藤が席につくと表れた。

「長谷川次官、あなたも？」

それは長谷川清海軍中将、いまの海軍次官であった。

「瀬良さん、軍令部次長や海軍次官の我々にどんな用件なのです？」

「イギリスの極東政策について相談とのことだったが」

「まぁ、その話はおいおい。まずは一献」

加藤次長は、そしておそらく長谷川次官もだろうが、瀬良外務次官の人となりは知っている。

加藤も長谷川も、任地は異なるが海外経験が長く、その関係で外務省との人脈もある。瀬良はフランス大使館やアメリカ大使館に勤務していたため、日本よりも海外で次長や次官との交遊があった。

　正体がつかめない人間。それが加藤の瀬良評だ。

　悪い人間とか、信頼できない人間というのではない。一言でいえば、スパイの親玉にうってつけの男。

　加藤自身もフランス駐在中には、戦後ヨーロッパがまだ穏やかだった時代に、ドイツにおける極左と極右の対立やコミンテルンの活動など、色々な情報を瀬良経由で仕入れてきた。

　だから、瀬良が外務次官になったと聞いた時も祝いは送ったし、納得もした。

　ただ日本に戻ってから交流があるかといえば、ほとんどない。それは長谷川次官も同様だろう。

　艦隊勤務となれば、そもそも陸とは縁が遠く、瀬良も仕事柄、海外に出ることは少なくない。

　そんな瀬良が海軍次官と軍令部次長に声をかけるからには、それなりの理由があるはずだ。

「我々を呼んだのは軍縮条約のことか」

　ひと通りの食事の後、口火を切ったのは長谷川次官だった。

「国際協調のために、軍縮条約のさらなる延長を外務省は望んでいる。だからそのための根回しを我々にしてくれ。そういう話なのか？」

　加藤軍令部次長は同意するようにうなずいた。

　海軍はポスト軍縮条約に備えて動き出している。新型戦艦の計画も始まったばかりだ。加藤にせよ長谷川にせよ、戦艦建造で国費を費やし、国が滅ぶようなことは望んでいない。

　ただ、軍縮条約締結当時といまでは状況が違うことも感じていた。国際関係が焦《こ》げ臭いこともないではないが、それとは別の条件だ。

海軍が八八艦隊計画を唱えていた時代には、確かにそれが国家予算を大きく圧迫するのは事実であった。国家のために軍縮するというのは、あの時代においてはしかるべき説得力があった。

だが、ワシントン海軍軍縮条約から数えても一三年が経過している。その間の日本の経済成長率は、欧米列強を凌駕していた。

それは出発点が低かったからでもあるわけだが、それでも日本国の経済規模は大きく変わっている。

八八艦隊計画が着手されようとしていた一九一七年に、日本の所得税総額はやっと地租総額を上回った。それだけ産業基盤が脆弱だったということだ。

しかし、軍縮条約の頃には所得税は地租の二倍半になり、男子普通選挙が実施された一九二八年には三倍になっている。日本国内の産業はそれだけ規模を拡大しているのだ。

だから八八艦隊が実現するかどうかは別として、いまの日本はもはや新型戦艦の一隻や二隻で、国が潰れるほど小さな経済ではなくなっている。

「海軍が軍縮条約を破棄する意図であることは、外務省としても十分承知しております。軍縮条約のことについては、外務省も特に異存はございません。

英米も条約延長という幻想は抱いていないでしょう。それにドイツが再軍備ともなれば、軍縮条約が反故《ほご》となるのは必定」

瀬良外務次官の意見は、海軍高官の二人にとっては朗報とも言えたが、目新しい情報かと言われれば、そうでもない。

先の長谷川次官の発言にしても、外務省が軍縮条約延長を考えているという根拠があったわけではなく、ほかに思い当たる可能性がなかったからに過ぎない。

「しかし、ワシントン海軍軍縮条約にまったく無関係かと言えば、そうではありませんが」

そう言えば二人が食いついてくるという瀬良の計算は加藤にもわかったが、ここは軍令部次長として食いつかないわけにはいかない。

「どういうことか」

「友好国であるタイ王国が、海軍力増強を計画しています。主たる理由は仏印との関係です。

じつは外務省の調査によると、タイ海軍の艦艇と仏印総督府のフランス艦隊が衝突し、タイ側が大敗を喫したらしい。

まぁ、駆逐艦と砲艦の戦闘程度で、新聞にも載らないようなものですが、フランス側は無傷、タイ側は砲艦三隻を沈められました」

「日本海軍からタイ海軍に教官でも派遣しろということか？　あるいは艦艇の提供か？」

「いや、それだけでは軍縮条約の話は出てこないだろう……まさか」

長谷川次官の言葉に、加藤も杯を持つ手が止まった。

「まさか、タイ海軍は戦艦を保有したいというのか」

ワシントン海軍軍縮条約では、代替艦の建造は条件付きで認められていたが、それ以外の建造については大きな制約があった。

しかし、戦艦を建造して海外に売却することについて、明確な禁止事項はない。

ただ、列強ですら国庫を圧迫するからと戦艦建造に制約を設けようとしているくらいだ。戦艦を建造することはもちろん、保有できる国も限られている。

じっさい中南米諸国向けに戦艦を建造してきたイギリスも、ヴェルサイユ体制になってからは海外からの戦艦需要は皆無であり、クライドバンク社など、かつて戦艦を建造してきた有力な造船所も経営危機に陥っているほどだ。

「タイにそれだけの経済的な余裕があるのか」

長谷川次官の疑問は、加藤次長にももっともだと思われた。

基本的に農業国のタイに、それだけの経済的な余力があるのか？　しかし瀬良外務次官は、そのへんはすでに考慮済みであった。

「それについての方法はいくらでもあります。日本からタイにクレジットを保証して、そこからまかなうとか。日本と彼の国との経済的結びつきを強固なものにして損なことはありますまい。

それ以外にも外債の発行、鉄道の敷設など、資金調達の方法は色々とあります」

「なるほど」

加藤も長谷川も、瀬良の話が見えるようで見えない。戦艦の建造支援だけなら、艦政本部を管轄する海軍省だけで解決する問題だ。

ただ、加藤は瀬良の話に疑問を感じていた。

タイ海軍が戦艦を求めているとして、それは日本で建造するのか、それともタイに造船施設ごと建設しようというのか？

造船施設ごと建造するとなると、確かに南シナ海の力の均衡は変わる。

その意味では軍令部と関わりがないわけではないが、しかし、わざわざ軍令部次長と海軍次官を密かに集める理由がわからない。

「日本の経済支援で、タイが戦艦を手に入れる方法は三つあります。

一つは、タイが望んでいるものの、実現がもっとも困難な選択肢。つまり、造船施設からタイで建設し、そこで戦艦を建造する。この場合、造船施設の建設に五年、戦艦の建造に五年、最低でも一〇年は必要です。

これより短期間なのは、とりあえず戦艦は日本で建造してタイ海軍に引き渡し、定期的な造修などでも日本で行う。これなら四年もあれば、戦艦は手に入る」

「タイの国産か、日本製か。選択肢はその二つしかないと思うが、ほかに何がある？」

加藤次長の問いに、瀬良は予想外の返答をする。それは、加藤がいまさっきまで感じていた疑問を氷解させるものだった。

「長門は無理として伊勢か金剛か、艦齢の古い日本戦艦をタイに売却し、その経費で日本が代替艦を新造する。

三万トン未満の戦艦なら、タイ海軍でも扱いやすいでしょう。造修はともかく、母港としての機能はタイに用意しなければなりませんから。

日本は条約に違反せず、新造戦艦を得ることができる……かどうかのご意見を伺いたい」

「日本の戦艦を売却する……」

加藤も長谷川も、その破天荒な提案に絶句した。

ようするに、戦艦を転売して新しい戦艦を得るという話だ。

なるほど、加藤のような艦隊派の海軍軍人には出てこない発想だ。それは長谷川次官も同じだろうが。

ただ、驚いてばかりもいられない。加藤としては、ここは真面目に考えるべきところだ。

「ワシントン海軍軍縮条約の条項から考えて、既存艦を売却しての代替艦の建造は認められていない。

考えてもみたまえ。それを許したら、たとえばイギリスは、外国に売却の体裁でニュージーランドやオーストラリアに戦艦を提供することで、イギリス連邦内の戦艦数をアメリカより増やすことが可能となるだろう。

アメリカは中南米の属国に売り、日本は満洲に売りと、条約は有名無実化してしまう。だから代替艦の規定は艦齢で定められているのだ」

そう説明しながらも、加藤はやはり違和感を覚える。瀬良は外務省次官だ。この程度の道理は百も承知だろう。

「と、なりますれば、最初の日本の建造か、造船施設の建設になりますなぁ」

「よしんばそうだとしても、海軍としてはそれが戦力増強につながるとは言いがたい」

「どういうことですか、次官？」

「効力を持つのはまだ数年先だが、第二次ロンドン軍縮交渉から我が国が抜けたことで、ほかの条約国はエスカレーター条項という項目を検討しているらしい。

ようするに日本を意図した条項だ。国際環境の変化に応じて、日本が軍備を増強したら、英米もそれに応じて戦備を拡大するという条項だ。

それがタイ海軍の戦艦でも、日本が建造したとなれば、それを口実にエスカレーター条項にしたがい、英米が主力艦建造に着手する可能性は少なくない」

「なるほど」

瀬良次官は長谷川次官の話に納得しているようだが、しかし、これくらいのことはやはり彼は理解しているのではないか？

加藤次長には、瀬良の腹が読めない。

軍艦売却などという突飛なことをぶつけてくる男だ。どんな奇策を考えているのか？

「もしも……」

瀬良は二人の海軍高官の注意を引くように、言葉を止める。

「もしも、タイの戦艦建造が多国籍ならどうでしょうか」

「多国籍とは？」

加藤と長谷川は、ほぼ同時に尋ねた。

「そもそもタイ政府から戦艦保有の打診が来た理由は、イギリスへの依存を解消するためです。

タイ海軍の艦艇のほとんどはイギリス製です。独立国として、こうした状況をいつまでも続けていたくない」

「だから、戦艦を国産化したいということか」

「最終的には。ただ、イギリスの影響力を排除するが、そのままイギリスとの関係を悪化させるわけではない。タイとて、イギリスとの喧嘩は望んではいない」

加藤次長は、だんだんとこの酒席の意味が見えてきた。軍縮条約などに無知を装っているが、瀬良次官はすでに色々な案を検討しているのだ。

この酒席も、それを実現するためのプロセスの一つではないのか。

「それで？」

「建造施設と戦艦、この両方を短期間に手に入れる方法。それは建造施設の建設と、戦艦の建造を同時に行うことです。

つまり、タイに造船所を建設し、日本で戦艦を建造する。戦艦が完成した頃には、専用の造修施設も完成している」

「その造船所を、イギリス資本に委ねるということか」

長谷川次官の意見が正しいことは、瀬良の表情に表れていた。

「正確には、日本資本も参加します。必要ならアメリカや中国も。あくまでも出資の話ですが」

「もしかすると戦艦もか？」

長谷川次官の質問に、さすがにそれはないだろうと加藤次長は思ったが、瀬良はそれを肯定した。

「主たる装置は日本製ながら、一部についてはイギリスなりアメリカなりの参入も許す。つまり、軍縮条約の関係国が関わることで、エスカレーター条項を無意味化するわけです。

関係国が多くなれば、特定国の影響下にタイ戦艦が置かれることはないわけですから」

加藤も長谷川も、その説明に無言となる。

なるほど、外務省と海軍では視点が違う。外務省は現状の九カ国条約の枠組みの中で、日本の孤立化を避けるべく、タイ戦艦を国際平和に活用しようとしたのだろう。

あるいは瀬良などが中心となり、日本側からタイ政府に戦艦建造を働きかけた可能性さえあり得る。

「海軍にとってのメリットは、どこにある？」

長谷川次官が率直に尋ねる。

「いまの話では、日本は多額の国費を費やし、外国と共同で戦艦を建造するだけで、日本の戦力は増えず、逆に共同開発で日本の技術の手の内を晒《さら》すだけではないか」

「同時に外国の技術も知ることができます」

「知りたい技術は、それに絞って調査すればいい。こんな手間をかける必要はないだろう」

「強いて利点をあげるとすれば」

加藤が瀬良に助け船を出す。むろん、それなりの思惑があっての助け船だ。

「まず、日本で戦艦を建造することで、戦艦建造の技術を継続できる。いまは艦齢二五年にならないと代替艦の建造はできないからな。

戦艦を建造できる造船所を維持することは、国防のために十分意味がある」

「技術の継承なら、タイの戦艦建造以外にもあると思うが」

「次官の意見はもっともだが、じつはもう一つ、重要な利点がある」

「なんでしょう？」

案の定、瀬良は食いついてきた。

「軍縮条約を破棄した時点で、日本は新型戦艦を建造する。それには列強の戦艦を凌駕する性能が求められている。

細目は検討が始まった段階だが、四六センチ砲搭載も有力な検討課題としてあげられている。

常識で考えるなら、四〇センチ砲だろう。しかしそれでは、アメリカをはじめとする列強の戦艦を凌駕できまい」

「四六センチ砲は技術的に難しいと聞いている。八八艦隊時代に、試作砲の実験で破損したのではなかったか」

長谷川の指摘は加藤にも理解できた。一四年前の大正九年に呉砲熕部《ほうこう》が四六センチではなく、四八センチ砲を一門だけ試作していた。

それは亀ヶ首の試射場で試射されたが、すぐに火砲そのものが損傷してしまった。当時の日本では、兵器として信頼できる水準の四八センチ砲は製造できなかったということだ。

むろん、技術も設備も整った今日と当時では環境が異なる。あの頃は、日本はまだイギリスなどから技術を学ばねばならない時代だった。

だが、彼の主眼は別にある。それは技術とは別の次元にある。

「四二センチ砲ならどうか」

加藤の言葉に、瀬良も長谷川も当惑した表情を浮かべる。

「四二センチというと一六インチ半か。確かに四〇センチ砲よりも威力はあるだろうが……それで何をするというのだ、軍令部次長？」

「タイ向けの戦艦建造が、日本海軍の新鋭戦艦建造のための技術検証となることは、列強の誰もが理解するだろう。それはいいな？」

「当然のことだろうな。新戦艦のための新機軸がタイ向け戦艦に投入され、試験され、新戦艦に反映される。

イギリスが我が国に売却した金剛型も、そういう意図で建造されたことは誰でも知っている。輸出用軍艦とは、少なからず実験的要素を持っているものだ」

「だから我が国が四二センチ砲戦艦を建造すれば、それは四〇センチ砲よりも大口径であるから、列強は日本の新戦艦の主砲口径を四二センチだと考えるだろう。

四二センチは四〇センチ砲より、単純計算で一六パーセントほど威力がある。長砲身の四〇センチ砲より技術的にも現実的だ」

「列強がタイ戦艦の四二センチ砲に刺激されて、四二センチ砲戦艦を建造している間に……」

「我が国は四六センチ砲搭載艦を建造する。それだけで一〇年は、戦艦の質で列強への優位を確保できるだろう」

加藤次長の意見を懸命に咀嚼《そしゃく》しているのか、長谷川次官は黙り込む。

瀬良外務次官は、戦艦の技術論についてはわからないようだが、もっとも重要な、日本での戦艦建造にメリットがある点は理解したらしい。

「そんな戦艦を建造されて、タイも喜ぶまい」

長谷川次官は不機嫌そうに言う。

「どうしてだ。世界最強の戦艦だぞ」

加藤次長はしれっと言ってのけた。

2

藤本喜久雄造船少将は昭和九年のこの頃、不遇の時を迎えていた。この四月五日付けで艦政本部計画主任の職を解かれたからだ。

理由は、水雷艇友鶴転覆事件にある。いやしくも帝国海軍の「軍艦」が転覆してしまったことに世論は沸騰した。

「たかが嵐で転覆するような軍艦で、海軍は国防の重責を全《まっと》うできるのか！」

各地の鎮守府や海軍省などには、そうした抗議の葉書や封書が殺到した。普段なら国民の抗議など黙殺する海軍も、今回ばかりは妙に素直に抗議を受け取った。

それは、艦政本部内の派閥対立と無縁ではなかった。簡単に言えば、藤本造船少将は嫉妬され、逆恨みされていたのだ。

じっさい藤本には言い分がある。そもそも軍縮条約で補助艦も制限されている中で、条約の規制外にある水雷艇に重武装を施し、二等駆逐艦と同等の戦力にするという軍令部の要求にこそ無理があった。

しかし、軍令部も海軍省も、本気でその無理を通そうとしており、艦艇類別標準に、このためだけに水雷艇という艦種が復活した。

それでも藤本少将は、計画主任として設計を仕上げた。重心も計算し、よほどのことがない限り転覆しないはずだった。

だが、その友鶴は転覆した。理由については推測がつく。

水雷艇友鶴は設計図通りに造られていなかった。あとから武装が強化され、重心は設計時よりも上昇していた。さらに工作技術にも不備があったらしい。

ただ、彼が直接それを確認することはできない。いまは謹慎中の身だ。

彼は自分の置かれた状況に深く憤《いきどお》っていた。自分の設計した水雷艇の転覆に、もちろん責任を感じていないわけではない。

だが、それを言えば、そもそも水雷艇に二等駆逐艦の武装を載せようとした軍令部の責任もあれば、じっさいに建造にあたった造修施設の責任も免れまい。

つまり友鶴転覆とは、設計の問題に帰着させられるような単純な話ではないのだ。

造船技術者として藤本が苛立つのは、すべての責任を自分に押しつけられたことだけではない。

藤本は自分の計算に自信を持っていた。設計に余裕がないのは認めるが、それでも荒天くらいで転覆するというのは信じがたい。

操艦に問題があった可能性はなんとも言えないが、あるいは船舶の復元力を考える上で、理論的な見落としがあったのではないか。

それはつまり、艦艇設計における新しい設計理論を構築できる可能性を意味している。

水雷艇友鶴に何が起きたのか？　それは水槽実験などによる静的モデルではなく、動的モデルとして解析すべきものではないのか？

もしもそれの解析に成功し、理論として確立できたなら、日本の造船技術は列強に一歩先んじることができるのではないか。

平賀式の旧弊な直接防御だけの軍艦に飽き足らず、ダメージコントロールで艦隊の抗堪《こうたん》性を高めることも設計に織り込もうとしていた藤本造船少将には、海軍の事故処理にあまりにも的外れなものを感じていた。

そんな藤本のもとを訪ねてきた男を、その日、彼は迎え入れていた。背広姿の官吏《かんり》のような姿をしつつ、海軍軍人であることがわかる、そんな将校だ。

「海軍省軍務局の大川大尉か」

藤本造船少将は応接室で、大川大尉の名刺を訝《いぶか》しげに眺める。

艦政本部の人間である藤本からみれば、海軍省軍務局は馴染みの官衙《かんが》だ。大川の顔も、軍服姿なら赤レンガの中で見た記憶もある。

もっとも、兵科将校ではない造船官とはいえ、少将と大尉では階級が違いすぎ、直接の接触はないに等しい。

藤本造船少将は警戒していた。海軍省軍務局はどういう意図で、こんな若造を送ってきたのか？　責任を取るために切腹でもしろというのか？

「じつは計画主任に……」

「計画主任ではない、元計画主任だ。計画主任だったのは、この四月までだ」

藤本は不愉快そうに言う。

しかし、大川大尉はそんな藤本の表情などまったく気にしていない。

「存じております。小職が計画主任と言ったのは、新しい組織での話です」

「新しい組織？」

藤本造船少将は思わず身を乗り出す。よくわからないが、計画主任として自分が迎えられるような組織ができるらしい。

直感的に、それは民間造船会社ではないかと思った。艦政本部は、いまや平賀一派の天下だ。じじつそこに自分が返り咲けるとは思えない。じじつ大川大尉も「新しい組織」と言ったではないか。

「じつは、是非とも協力していただきたい軍艦がありますす」

「軍艦なんだな」

「戦艦です」

「なんだと……」

藤本造船少将は目を細める。

海軍が軍縮条約破棄を通告することは、彼も知っている。しかし、軍縮条約はいまだ効力を持っている。

じっさい新戦艦を建造するにあたり、関係機関が顔合わせをしているが、現状はその程度の進捗だ。

しかし、友鶴転覆事件がなかったならばまだしも、いくらなんでも現状で自分が新戦艦の設計担当になるとは思えない。

民間造船所に迎え入れられるとしても、長崎三菱か神戸川崎くらいしかない。一番艦の建造ということはないから、二番艦以降。

だとすると、自分の出番は何年も先ではないのか？　艦政本部の仕事がある程度進まねば、自分の仕事は始まらない。

「計画主任に設計していただきたいのは、海軍が計画中の新戦艦とはまったく別のものです」

「海軍でなければ、陸軍の戦艦かね」

藤本は毒のある皮肉を言ってみるが、大川大尉は動じる様子もない。

ただ、話は見えるようで見えない。海軍の新型戦艦でないとすると、その戦艦は誰の戦艦なのか？

が、彼はすぐに気がついた。

「どこの国の戦艦だ？　要するに輸出用戦艦なのだろ？」

「さすがは計画主任。その通り、外国に売却するための戦艦です。

軍縮条約に未加盟の国ですから設計に制約はありません。守っていただきたい二点の条件さえ、考慮していただけるなら」

それでも藤本造船少将は、その話を鵜呑みにはできなかった。

海軍という組織に裏切られ、彼は猜疑《さいぎ》心が強くなっていた。まして現下の状況で戦艦設計の話をもってくるなど、胡散《うさん》臭さは濃厚だ。

「待ちたまえ。戦艦一隻……」

「二隻建造予定です」

「戦艦二隻建造というなら、その予算はどうなる。議会の承認を得る必要があるのではないか」

「日本海軍の戦艦であれば、そうなります。ですが、外国海軍の戦艦なので議会の承認は不要です。

まぁ、建造予算に関しては横浜銀行経由でクレジットの提供が行われますが、それにしても軍事予算の枠組みではありません」

「なら新組織とは？　私は神戸か長崎に出向という形にでもなるのか」

「一号艦は長崎で、二号艦は神戸で建造されることが決まっています。新組織は三菱と川崎が出資した会社で、それらの造船施設を借りる形で戦艦建造が行われます。

ほぼ九五パーセントが日本で建造され、残り五パーセントが購入先の造船所で行われます」

「五パーセントとは、また中途半端だな」

「造船施設の試験も兼ねておりますから」

大川は現段階では、それがどこの国か明かさないが、藤本にはもとより、どうでもいいことだった。それよりも最新鋭戦艦を建造できること。そのことのほうが重要だ。


そしてそれは、藤本にとっての復讐でもあった。自分を艦政本部から追放した連中に、自分らが追放した人間がどれほどの才能の持ち主かを見せつけてやれる。

輸出用戦艦ならば、海軍の新型戦艦に自分のアイデアを盗まれるかもしれない。いや、そもそも輸出用軍艦とは新機軸の実験のために行うものだ。それを考えるなら、自分の導入する新機軸は盗まれると考えるべきだ。

しかし、藤本造船少将にはそんなことは気にならない。むしろ盗んでほしいくらいだ。本当にそう思う。

なぜなら、海軍の新型戦艦を建造するであろう平賀一派の連中は、藤本のアイデアを盗むたびに、自分たちの無能さに直面しなければならないからだ。

旧弊な設計手法しかできない連中が、新しい時代の設計を盗むごとに、己《おのれ》の乏しい才能を痛感する。なんと痛快なことではないか！

藤本造船少将は内心の気持ちを抑えつつ、つとめて冷静に大川大尉から戦艦の守ってほしいとかいう条件を聞く。

「本邦の造修施設の問題があります。基準排水量は三万五〇〇〇トンを遵守してください」

「なるほど、既存のドックで建造できないようでは画餅《がべい》となるな。もう一つは？」

「主砲は四二センチ砲でお願いします」

『四二センチ……一六インチ半ということか」

「そうなります」

「四二センチ砲……」

藤本造船少将は、四二センチという数字に虚を突かれた気がした。

そんな主砲径は、誰も想定していなかった。一四インチ砲の次は一六インチ砲と来たから、新戦艦は一八インチ砲と、暗黙の了解で二インチずつ口径を拡大する議論がなされてきた。

しかし、法律で二インチずつ拡大しろと決まっているわけではなく、いわばそれは惰性のようなものだ。

もちろん、相手より優位に立つことと技術的問題から、二インチなのだと論じることはできよう。しかし、それは少なからず後づけの理屈だ。

それに、砲火力の増大で二インチずつ拡大するというのも、実は口径が大きくなるほど意味を失うことになる。

日露戦争当時の一二インチ砲を第一次世界大戦の標準的な一四インチ砲に口径を拡大すれば、主砲の威力は六割増しになる。

だが、一四インチ砲から軍縮条約の上限である一六インチ砲に口径を拡大した場合、威力の増大は五割と減少する。

さらに一六インチ砲を一八インチ砲にした場合には、威力の増大は四割にとどまる。二〇インチの増大は、口径全体の比率で言えば、口径が大きくなればなるほど低下する一方なのだ。

もちろん、世界にはまだ一四インチ砲の戦艦も少なくなく、それと比較すれば一八インチ砲の威力は、それらの倍以上にはなる。

ただ造船技術者として藤本造船少将も、戦艦の砲火力の追求が口径の増大だけでは早晩、行き詰まるだろうと考えていた。

たとえば、一八インチ砲の次に二〇インチ砲（五〇センチ口径！）を開発したとしても、その威力の増大は三七パーセント程度しかない。

だが二〇インチ砲ともなれば、砲塔重量はそれだけで巡洋艦に匹敵する。砲撃の反動を受け止め、火砲のプラットホームとして安定した砲撃が可能なほどの安定性を維持しようとすれば、基準排水量は確実に一〇万トンを超えるだろう。

排水量一〇万トンの戦艦など、建造費は考えないとしても、日本のどこで建造しようというのか？　いや、そんな戦艦を建造できる国などあるのか？

ここに大きな矛盾がある。

日本が列強以上の大口径の戦艦、つまりは質で凌駕する戦艦を求めるのは、抑止力としてだ。

四〇センチ砲戦艦と四六センチ砲戦艦が戦って、四〇センチ砲戦艦が勝てないのであれば、英米も日本と戦端を開こうとはしないだろう。

それにより日本は侵略を受けない。基本的なロジックはこれだ。

だが、話が一〇万トン戦艦などとなると俄然、話が違ってくる。造船施設の建設には多額の歳費と時間と技術が必要だ。

しかも、それらの造船施設を維持するためにも金はかかる。それは戦艦なみに国庫を圧迫するだろう。

そんな巨大戦艦は日本には建造できない。だが国力で勝る英米なら、そんな造船所も建造できるし、維持することも可能だ。


単純な口径競争を続ける限り、造船施設という部分で、日本は列強への優位を失う段階に達するのだ。

そんな段階に建艦競争が到達するのは、いつのことか？　一〇先年か、二〇年先か？

それを正確に語ることは藤本造船少将にもできなかった。しかし、少なくとも半世紀先ではないだろう。

一八インチ時代から二〇インチ時代に移行するとして、艦齢を二〇年とすれば、四〇年後には戦艦の大型化は限界に達する。下手をすれば、自分が生きている間に、そんな時代が来るかもしれない。

だとすると、戦艦が相変わらず海軍力の根幹としても、力の保証が口径であるのはさほど長くはなかろう。

高速性能とか命中精度の飛躍的進歩とか、そういう総合的な性能で戦闘力を確保するのではないか？

だとすると、旧弊な平賀式の戦艦設計では、日本海軍の戦艦は主導権を確保できまい。

工業技術や国力で英米に劣るからこそ、新しい戦艦のルールを海軍力に持ち込み、列強に対してイニシアチブを持ち続けなければならない。

そのためには時間的余裕のあるいまこそ、脱平賀式設計の戦艦を考えなければならないのだ。

こうしたことを、藤本造船少将は「四二センチ砲」という単語から瞬時に考えついた。

おそらくいままで潜在意識の中にあった考えが、この一つの単語で連鎖反応的につながったのだろう。

大川大尉からは、自分はマネキンのように硬直して見えたのかもしれない。彼は藤本を、病人を介抱するかのような表情で尋ねる。

「大丈夫ですか」

「あぁ、なんでもない」

脳がフル回転していただけで、身体がどうなったわけではないのだ。

「それで、可能でしょうか」

「可能だ」

藤本造船少将は大川に紙を求め、大川がノートを広げ切らないうちに、ペンを走らせる。

「基準排水量の三万五〇〇〇トンは動かないのだね」

「はい」

「となれば、威力のある四二センチ砲を搭載しようとすれば、砲火力は六門が限界だろう。連装砲塔なら三基だ。

砲塔の配置は、艦首に三基並べるか、あるいは前に二基、後ろに一基。あるいは、三連砲塔を前後に二基にする手も考えられる」

藤本造船少将は、そんなスケッチをいくつも描いていく。

最初はその勢いに呆気にとられていた大川大尉だったが、すぐに藤本に対して疑問や意見を述べていた。

「航空兵装はどうしますか？　昨今は航空機の発達もめざましいですが」

「航空機か……弾着観測のための航空機は必要だな。あとは偵察だ。ところで、外国に売却する戦艦だったね」

「はい、そうですが」

「爆撃機は積めるかな」

「爆撃機……ですか」

「艦載機が爆弾を抱えて発艦できるなら、駆逐艦程度なら撃破できるとは思わんかね」

「そう言えば何年か前にアメリカで、戦時賠償のドイツ戦艦を一トン爆弾の投下で沈めた実験がありましたね。

状況が違いますが、駆逐艦を航空機で撃破するのは可能だと思います」

「ほう、なかなか君は優秀だな」

藤本造船少将は、平賀譲がかつて「証明」した、航空機で戦艦は沈められないという話を思い出していた。

それを藤本自身は真面目に検討したことはなかったが、いまこの場では平賀譲の説を粉砕してやりたかった。

むろん航空機技術者ではないので、戦艦を撃破できる爆撃機の設計などできない。しかし、駆逐艦程度ならどうか？

「戦艦を輸入するからには、戦艦を護衛すべき駆逐艦や巡洋艦も整ってはおるまい。ならば、主力艦が敵艦隊の主力と矛《ほこ》をかわす前に、補助艦艇は排除する必要があるのではないか」

「たしかに」

大川大尉は相づちを打つが、藤本はすでにそんなものは聞いていない。

「重巡の砲弾重量が約一二〇キロだ。だから一二〇キロの爆弾を搭載できる飛行機が六機あれば、青葉型巡洋艦の斉射に相当する。

急降下爆撃での命中率を三分の二とすれば、二回の襲撃で駆逐艦を廃艦にできる計算だ。

飛行機が戦艦の砲戦までに四往復できるなら、駆逐艦二隻を廃艦にできる。戦艦二隻なら廃艦にできる駆逐艦は四隻だ」

藤本造船少将の関心は、主砲配置よりも航空兵装に移ったらしい。彼はカタパルトの配置などを色々と検討し、砲塔の上に載せるようなデザインさえスケッチする。

「あれだね、四二センチ砲の砲撃による衝撃波は、艦載機を破壊してしまうかもしれないね」

「自分も海兵の時代に、戦艦が斉射した時に砲塔近くにおいた実験用の豚が、圧力で死んだという話を聞きました」

「あぁ、あれか。あれは誇張だよ。しかし、まぁ、嘘というほどでもないな」

そうして藤本造船少将はスケッチに描き足す。

「艦載機は専用の格納庫に入れておくべきだろう。必要になったらエレベーターで上げてカタパルトから打ち出す。

六機を短時間に打ち出すためにカタパルトは二基、回収用の大型クレーンが左右両舷に一基ずつか」

「空母みたいですね」

「空母じゃないよ、君。水上機母艦だろうな、これは」

そして彼は手を止める。

「ちなみに、その国は空母を持つ予定はないのかね」

「そういう話はありませんが」

「そうか……」

「何か？」

「補助艦艇だけを排除する空母というのを、いま思いついてね。敵艦の主砲の射程圏外から空母艦載機が補助艦艇を撃破できるなら、艦隊はいらないじゃないか。

空母が敵艦隊の露払いをして、補助艦艇を無力化する。裸の戦艦同士が撃ち合うわけだよ」

「相撲ですね、まるで」

「そう、横綱相撲だよ。海で戦う横綱だ」

「しかし、敵艦隊も同じ空母を持ったら、やはり補助艦艇が必要では？」

だが藤本造船少将は、大川大尉の言葉の意味を別に解釈したらしい。

「そうだね。対空火器を充実させる必要がある。機銃を増設し、高角砲を増やす。そしてやはり」

「やはり？」

「航空機には航空機さ。戦艦を守るための戦闘機を搭載する」

「すいません、搭載するのは爆撃機なんですか、戦闘機なんですか」

「爆弾を搭載しない時は戦闘機として活用するのさ」

「戦闘機で爆撃すると？」

「爆撃もだよ。私は航空畑には素人だが、速度と航続距離と運動性能が相矛盾するくらいのことはわかっている。

航続距離を伸ばそうとすれば、大量の燃料が必要で、どうしても重くなる。そして、重くなれば速度も出なければ運動性能も悪化する。発動機の馬力に限界があれば、爆弾も搭載できまい」

「そうなりますか」

「しかし、戦艦の艦載機にそれほどの航続距離はいらん。艦隊決戦の尺で考えればいいのだ。

短距離なら燃料もそれほど必要とせず、軽くなる。速度も出るし、運動性能もある。

そして、その分の余裕で大型爆弾も搭載できるのではないか」

藤本造船少将は興奮気味に語ったが、大川大尉は暴走する造船官に軌道修正を促す。

「艦載機の職掌は航空本部なので、我々にはなんともできかねます。それより、この戦艦の強みはなんでしょうか？　四二センチ砲の砲火力だけでしょうか」

それは挑発的な質問にも聞こえたが、造船官はその挑発に乗った。

「口径を拡大して砲火力だけで勝負するなら、従来の戦艦と変わらないではないか。

まず速力を確保する。三〇ノット以上の速力を実現できるなら、アメリカのいかなる戦艦をも速度で圧倒できる。

敵に対して一撃離脱の攻撃も可能となる。低速の戦艦は我々に追躡《ついじょう》できないため、戦いたい時には戦えず、退きたい時には退けない。

いつ戦い、いつ退くのか。それを決めるのは我々であって敵ではない」

「戦場でのイニシアチブは我々にあると」

「そうなるだろう」

「しかしその戦艦は、いわゆるイギリスのレナウン級のような巡洋戦艦ではありませんか」

大川大尉には深い意図はなく、排水量と砲門数と速力から、そうした連想をしただけだった。

しかし藤本造船少将にとって、それは気分を害する指摘らしい。

「凡人には巡洋戦艦としか思えまい」

申し訳ありませんと大川大尉が頭を下げるも、造船少将は気にもとめない。

「巡洋戦艦は装甲防御を犠牲にして速力を実現する。しかし、この新戦艦は違うのだ」

「どう違うのでしょうか」

「新戦艦は、装甲防御については最小限度にとどめる」

それこそ巡洋戦艦ではないかと、大川大尉は喉まで出かかったが押しとどめる。自分の気がついたくらいのことは、専門家なら理解しているはずだ。

「装甲は基本的に機関部を中心に施す。主機、さらに電力を供給する補機にな。そして、砲撃や水雷に対する防御は装甲による直接防御ではなく、運用により対処する」

「運用で……」

運用とは、後の世で言うところのダメージコントロールだ。装甲の直接防御に対して間接防御と呼ぶこともある。

大川は、艦艇での戦闘については術科学校でも学んできたが、運用に関する知識はさほどあるわけではない。

しかし、それでも薄い装甲に四〇センチクラスの砲弾が直撃したものを、運用で対応できるという発想には承服できないものがあった。

そんなことで砲弾が防げるなら、戦艦に装甲などいらないではないか。

だが、そんな不審感を藤本造船少将も感じたのだろう。彼は意表を突く行動をとる。

コーヒーカップを床に叩きつけて割ると、その破片で左手の甲に傷をつけたのだ。

大川がとめる間もなく、手の甲からは血が流れる。しかし、藤本造船少将は動じない。

白いハンカチで血を拭き取ると、ほどなくして血は止まる。

「わかるかね？」

「なっ、何がですか」

「運用だよ」

「運用って……」

「砲弾が戦艦を傷つけたとしても、それで血が流れたとしても傷口は塞がるのだ。運用とは、まさに血を流し、傷口を塞ぐことを意味するのだよ。

装甲は、なるほど砲弾を跳ね返すかもしれない。しかし、どんな戦艦の、どんな装甲であれ、想定している戦闘距離よりも至近距離で命中弾を受ければ、装甲は貫通されるのだよ。

ならば、そこから先は運用の力になる。軍艦たるもの、敵弾は命中すると考えねばならぬ。弾が当たれば無傷ではすまぬと覚悟せねばならん」

「はい」

「しかるに、軍艦が一発二発の弾を食らったからといって、戦《いくさ》をやめることが許されるかね」

「許されないでしょう」

「その通り。我々は骨になってでも、戦えるうちは戦わねばならん。

運用の神髄とは、無傷で戦うことではない。満身創痍となりながらも、なお敵に一矢《いっし》を報いる。それが運用の精神だ。

運用とは、敵弾を何発浴びようとも、それが装甲を貫通しようとも、なお戦闘力を維持し続ける技術をいうのだ」

陶器片で自らを切りつけるという、造船少将のパフォーマンスに大川大尉は度肝を抜かれたが、それでも彼は自身の役目を忘れはしなかった。

「運用は既存の軍艦でも考えられておりますが、新戦艦では何が違うのですか？　艦内編成は後のこととして、軍艦の構造として？」

「その詳細は新たに図面を引いてみなければ具体的なことは言えないが、原則は比較的単純だ。

一つは燃えないことだ。軍艦は鉄の塊と思われているが、可燃物は意外に多い。木製の椅子や机、そのほか生活に必要なものだ。

まぁ、何がどう燃えるのか、それは別途実験の必要があるだろう。まったく予想もしていなかったようなものが、炎上しないとも限らん」

「燃えない船にするだけですか」

「それは前提に過ぎん。砲弾が貫通し、爆発したとして、それを艦内で受け止める必要がある。

そのやり方はいくつか考えられる。鉄パイプの層を作るとか、液体層で衝撃を分散するとかな。

それよりも、乗員が被害の実状を正確に把握し、迅速に対応することこそ重要だ。

そのためには被害状況を確実に伝達し、どこで何が起きているか、それを正確に把握し、伝達するための通信手段の確保が重要だ」

「電話では不十分ですか」

「砲弾が命中しても機能する電話や、場合によっては艦内無線機的なものも必要かもしれぬ。軍務局は、どう考えているのだね」

「何をですか」

「基礎設計をするために必要な実験の予算だよ。艦内火災の実験は、どこかで行う必要がある。廃艦を使うか、地上で実物大の何かを組み立てるか、そういう実験だよ」

「必要ですか」

「無駄な提案はしないつもりだ」

「わかりました。一度持ち帰り、上司と相談してみます」

それからほどなく、老朽駆逐艦による火災実験が佐世保海軍工廠《こうしょう》にて行われることとなる。

　この実験をもとにした戦艦の設計図は、海軍艦政本部にも参考資料として送られ、紆余曲折はあったが、日本海軍では建造されないという条件で、基本計画番号Ａ１３０という番号が付与されるのであった。

第三章

小沢艦隊

1

一二月八日から九日になり、戦艦ターチンとメークロンはジャム湾を南下していたが、戦艦奪取の成功が確認された時点で新たな命令を受けた。

それは、貨客船二隻と合流するというものだった。戦艦を動かすための乗員を乗せた貨客船であるという。

貨客船は陸軍部隊兵の補給物資も搭載しており、中村造船所での戦艦奪取成功の一報と同時に、南部仏印に待機していた乗員が乗り込み、合流したわけだが、失敗した場合には乗員たちは日本に戻り、貨客船は陸軍将兵と物資を輸送することになっていた。

ただ貨客船からの乗員の移動は、言うほど簡単な作業ではなかった。安全のために、二隻の戦艦とそれぞれの貨客船は一〇〇〇メートルの距離を置いていた。

それだけなら大したことはないが、少なくとも五〇〇人の人間が海を渡らねばならない。しかも天候はお世辞にも快適とは言いがたい。

貨客船には大発があるが、それに乗り移り、移動し、乗艦するのは簡単ではなかった。

「艦長……」

副官の増田大尉が言う。

実際のところ、戦艦ターチンとメークロンはいまの時点で、特設運送船一号と二号と呼ばれているが、それ自体も正式名称ではない。

運送船長とでも呼べばいいのだろうが、三万五〇〇〇トンの戦艦の艦橋では、やはり艦長以外に相応しい呼称はない。

「乗員の移動には時間がかかります。ここは周辺の偵察を行っては？」

「偵察……艦載機でか」

「ええ、電波探信儀のようなものはありませんから」

中村造船所は完全に日本資本になる前は、イギリスのクライドバンク社が中村商会と同等の株を保有する大株主であった。

これは日英衝突回避と、九カ国条約が破棄された状況で日英同盟による対米牽制の可能性など、複雑な思惑がある。

さらに、最初の戦艦建造構想の頃とは大きく変わってきた情勢もある。

その最たるものが日華事変で、昭和九年の時点でそんなものは海軍としても想定していなかったし、事変勃発後もしばらくは「陸軍の戦争」として海軍には影響がないものと思われていた。

しかし、事変が泥沼化する中で対中国への牽制のため、タイの戦艦建造で日英が歩み寄る局面もあったのだ。

そのため、建造のある段階で基本計画番号A130は修正され、日英共通の図面となるが、基本はあくまでA130であった。

日本海軍が基本計画番号A130を「イギリスにだけ」という建前で公開したのは、言うまでもなく、四六センチ砲搭載戦艦の建造について知られないためだ。

いわば、それは列強に対する煙幕であり、欺瞞《ぎまん》情報とも言えた。

ただこの図面修正の中で、日本の原設計にはなかったものも含まれている。その一つが電波探信儀であった。

これは、中村造船所の経営からイギリスが手を引く直前に、図面への修正意見として装備の追加が予定されていたものだ。

しかし、電波探信儀については原理と機能の説明があっただけで、図面の修正についても、装置一式を収納する空間の増設と電気系統の改修に過ぎなかった。

計画では、電波探信儀の設置と運用はイギリス人技術者だけが行うというブラックボックスとなっていた。

軍機に関する部分をブラックボックスとして扱うのは、日英間で相互に了解されていることなので、電波探信儀については日本も了解していた。

一方、主砲については日本側の担当であるため、砲塔内にイギリス人は立ち入れなかった。

じつを言えば、日本の造船官たちはイギリス側の溶接技術などに強い関心を抱いており、これに関しては溶接棒など多くの技術を学んでいた。

この点では、日英間で行われていた技術情報戦は噛み合っていなかった面もある。

ともかく玉木少佐や増田大尉は、電波探信儀のことは知っていたが、そんな装置があるという以上のことはわからない。

一応、それは日本にも報告しているので、あるいは技研などが何か開発しているかもしれないが、いまのところ玉木少佐の周辺でそれに関する動きはない。

「電探がないなら偵察機か。しかし、あれを飛ばすのか?」

「訓練はしています。それに実用兵器ですから問題はないでしょう。ドイツ製でも」

この時、戦艦ターチンとメークロンに搭載されている艦載機は、アラドAr196だった。

ただし、装備したのはイギリス側である。

再軍備を宣言したドイツが、日英間の戦艦建造に刺激され、資源確保と兵器販売の販路としてタイにも軍需品を売り込もうとしたことが発端らしい。

いまでこそ三国同盟を結んでいるが、ナチス・ドイツは長らく日本よりも中国を重視していた。だから、国民党政権も多数の兵器をドイツから輸入していた。日華事変で日本軍中隊がドイツの戦車により足止めを食らったようなことが起きたのもこのためだ。

ただここで、直接ドイツがタイに航空機を売り込まなかったのは、イギリスの宥和政策の関係らしい。つまりイギリスを通せば、ドイツの兵器売却の販路を確保するというような話だ。

もっともこれも、中村造船所の経営からイギリスが手を引いた時点で沙汰止みとなる。ただ、装備品としてアラドの水上機が残ったのであった。

誰がやったのか、ここのＡｒ１９６水上機は、完全なオリジナルではなく、改修を加えられていた。

二〇ミリ機銃が撤去されていたり、風防も取り払われてオープントップになっている。仮想敵国経由で兵器売却をするために、性能を誤魔化したのか何かは知らないが、ともかくそんな飛行機が積まれているのだ。

そしていま、その水偵が飛ぶ。

2

飛行兵曹から見ると、貨客船から戦艦への移動は難航しているようだった。乗員を乗せたカッターが転覆し、救難作業が行われていたためだ。

戦艦に乗り移ることができたら、波に翻弄されることもないのだが、そこまでが容易ではない。

「機長、偵察って、なに探すんでしょう？」

「敵に決まってるだろ」

機長は操縦桿を握りながら、そう答える。

彼は、中村造船所では機材管理担当の部署にいて、この水上飛行機の飛行訓練などを行ってきた。

むろん外国で飛行機を飛ばすのであるから、飛行に関しては細かい制限があり、作業甲板の大きな動力船で領海外に出て訓練したこともあった。

れっきとした帝国海軍軍人なのに、造船所の人間を装うのは彼にとって苦痛だった。

兵曹長と言えば、日本では天皇陛下の官吏として、地元ではけっこう大きな顔ができる地位なのである。

それなのに、外国にある造船所の単なる職員として働けというのは、なかなかのストレスだった。

そのせいも多分にあるのだろうが、彼はＡｒ１９６があまり好きになれない。

Ａｒ１９６がそうなのか、この機体固有の癖なのか、そのへんはわからないが、どうも日本海軍の機体と比較して安定性に欠ける気がする。

操縦桿に過敏に反応しすぎる気がして仕方がないのだが、あるいはドイツ海軍か空軍かは、そういう激しい運動をする水上機を求めているのかもしれない。

まぁ、陸軍国の水上機なのだから、海軍国と考え方が違うというのもあり得ることだろうとは思うのだが。

水偵はそれでも螺旋《らせん》を描くように戦艦の周囲を旋回しつつ、捜索範囲を拡大していく。僚艦からも水偵は出たらしく、時々その姿を見ることができた。

そうして二時間ほど飛行した時、機長は後部席の偵察員に言う。

「そろそろ帰還する旨、打電してくれ。燃料が予定よりも少なくなってる。悪天候のせいだな」

「わかりました。あれ？」

「どうした？」

「あれは軍艦の航跡じゃないですか」

機長は偵察員の指示するほうを見るが、いまひとつわからない。

色が微妙に変化しているようにも見えるが、そもそも海況がよくないので、波浪のせいとも思える。

「このへんなら友軍じゃないのか？　船団を組んでマレー半島に侵攻しているのだからな」

「そうですね」

「だいたい敵軍がいれば、その旨、なんか言ってくるだろう。これこれの敵が出撃中だから探し出せって。シンガポールの敵艦隊だって、動いちゃいないんだろ？」

「動いていたら、どうなります？」

「俺たちにも招集がかかって、全機出撃して索敵だ！」

結果として、この航跡のことは誰にも報告されないまま、Ａｒ１９６は帰還する。

玉木少佐も周辺に異常がないことと、荒天では敵も積極的に動かないだろうという判断から、それ以上の偵察は行わなかった。

予定より二時間遅れて乗員の移動は完了した。転覆したカッターの乗員救難が予想以上に難航したためで、死亡者こそ出なかったものの、一〇名ほどは貨客船に戻し、そのまま病院へ搬送されることとなった。

そうして移乗した乗員たちも、戦艦で一息つく暇はなかった。

定数では一〇〇〇名程度の人間で動かす戦艦タ

ーチンだが、いまは半数ほどの人間しか乗っていない。三直で艦を動かすのは難しく、二直でまわすしかない。

　南方作戦のためにタイ海軍の戦艦を奪取するという計画は、確かに必須のものだったが、それは戦艦奪取が主目的というよりも、英米蘭に戦艦を渡さないためという意味合いが強かった。

　最悪、火薬庫に火を放つことさえ計画されていたのだから、玉木少佐らの作戦は大成功であった。それは間違いない。

　ただ問題は、戦艦として運用するためには、最低でも一隻に一〇〇〇人からの人材が必要で、戦艦二隻なら、それが二〇〇〇人必要ということだ。

　たとえば長門型戦艦なら士官が四七人、特務士官一六人、准士官一四人、下士官三二八人に兵九一二人の総計一三一七人が定員だ。

　複雑精緻な戦艦という機械を戦力として運用するためには、下士官だけでも三〇〇人以上が必要だ。

　なので、タイ海軍の戦艦タ一チンの一〇〇〇人という定員も、想定している行動範囲が南シナ海からシャム湾程度だからであり、近距離で短期間ゆえの定員だ。

　日本海軍のように太平洋を渡って米艦隊と戦うような想定であれば、砲塔が一つ少ないとしても、やはり一三〇〇人程度の人員は必要だろう。

　問題は、いかな日本海軍とて、そうそう簡単に戦艦二隻を運用できるだけの乗員を調達できないということだ。

　しかも確実に戦力化できるというならまだしも、

手に入るかどうかもわからない戦艦だ。海軍としても、その人員の確保は容易ではない。

じっさい、作戦のために抽出された第一線の海軍軍人は二割程度。残りは新兵と退役間近とか予備役から現役復帰したような人材ばかりで、それは下士官に顕著だった。

つまり、いまこの戦艦を動かす海軍軍人は、海軍艦艇の中でもっとも乗員の平均年齢が高かった。

おそらく作戦が一段落すれば、奪取した戦艦二隻もしかるべき部隊に編入され、相応の人材が派遣される——その時には玉木は艦長でなくなるが——はずだが、それまでは、現状でしのいでいく必要があった。

それでも一つ好都合なのは、艤装《ぎそう》工事を完成したのはタイに建設された造船所であったとしても、ほとんどの工事が日本で行われていたことだ。

戦艦の構造など基本的には万国共通であるが、細かい部分はやはり国によって違う。つまり、戦艦ターチンとメークロンは「日本式戦艦」であるので、運用するための人員の教育は最小限度でよかった。

退役間近組にとって、四二センチ砲ははじめてでも砲塔の構造には馴染みがある。そして新兵組にとっても、海兵団で学んだ機構と大差はない。

そういう点で戦艦ターチンは、外国の戦艦ながらも、日本海軍にとっては教育コストの低い軍艦であった。

これは設計にも関係している。当初、藤本設計主任は重量軽減のため、六門の四二センチ砲を三連砲塔二基に納めようとした。

軽巡洋艦には三連砲塔の採用はあるが、戦艦にはなかった。

しかも藤本設計主任の軽量化策は徹底しており、三門の主砲のうち右側と中側は尾栓が右開きなのに対して、左側の主砲は尾栓を左開きにしていた。

こうすることで、砲塔内の主砲の間隔を狭くでき、結果として砲塔重量が何十トンか軽くなるというのである。

それは戦艦設計の論理では正しい設計と言えただろう。しかし、戦艦といえども砲塔内は狭い。世界最大の巨艦でも設計には無駄な空間などないのだ。

その狭い砲塔内で二門は右開き、一門は左開きという操作を行うのは、主砲運用上の問題が大きかった。同一の兵器は同一の操作法というのが、海軍の原則であるからだ。

一方で藤本式砲塔設計は、海軍が計画している四六センチ砲クラスの巨艦でこそ重量軽減の効果が大きい（試算では七〇トンほどになる）ため、採用するとしても新型戦艦で活用することとされた。

だからこの主砲設計を海外に知られないためにも、タイ海軍向け戦艦は連装砲塔にすべきという意見も少なくなかった。

藤本設計主任にとって民間企業での輸出用戦艦設計は、思っていたほど自由度は大きくなかったと言えるかもしれない。

もっとも、日本海軍の新型戦艦設計の基礎データを集めるという役割がある以上、艦政本部の掣肘《せいちゅう》を受けないことはあり得ないわけだ。

藤本造船少将が溜飲を下げることができたのは、平賀譲が新型戦艦設計に関わっているなかで自分の砲塔設計が評価され、選択肢として残されたことだった。

その意味では彼にとって、戦艦ターチンが連装砲塔三基でも満足できる結果は得られただろう。

ともかく、こうした背景もあって、臨時編成の乗員で戦艦は動いていたが、ある程度の作戦支援後は、早々に日本に戻る必要があった。兵器としての戦艦ではなく、海軍官衙《かんが》に二戦艦を編入するための行政手続きが山のようにあるからだ。

乗員の移乗から二時間もすると、戦艦は徐々に本来の秩序を作り始めた。分隊が定められ、分隊ごとに艦内清掃にかかる。

艦をきれいにするのが主目的ではない。造船所内でも二戦艦は、タイ海軍の手で清掃はなされていたのだ。

それでも清掃をするのは、にわか編成の部隊をちゃんと一つの組織として機能させるためだ。

日本に戻れば退役組は下船し、ほかの部職に異動となるが、新兵はそのまま残る。士官についても三分の一は残るだろう。

だからそうした基幹要員が、戦艦ターチンやメークロンの組織文化を作り上げる必要がある。

ただ、そうした先の話ではないとしても、今日明日のうちに、この船が軍艦として機能するように形を作り上げる必要があった。そのための分隊による艦内清掃だ。

清掃のもう一つの重要な点は、各分隊の部署にある教範の類をタイ文字や英語のものから、全面的に日本語の教範に置き換える作業も含まれていた。

　移動する時に戦車も運べる大発を用いたのも、トン単位の重量になる教範類を運んだからだ。

　それ以外にも、日本海軍の書式に則った書類なども必要になる。軍艦は日本式に設計できたとしても、艦そのものはタイ海軍のものであり、タイ語の教範で動かされている。

　だから、そうしたドキュメント類は換装しなければならない。

　未記入の書類も重要だ。ここから先、補給その他は海軍の艦隊や軍需部から受け入れることになる。その時には自艦と相手の主計科が書類を交換し、あるいは発注書や在庫表を提出することになる。

　日本海軍の軍人がタイ海軍の戦艦を奪取し、部隊に編入したということは、主計がらみの実務処理も日本海軍の傘下で行われ、処理され、国家予算が使われることを意味するのだ。

　日本海軍の軍艦として、この戦艦ターチンとメークロンを動かすためには、書式に則った書類の準備は不可欠だった。

　そうこうしているうちに戦艦ターチンもメークロンも、徐々に奪った外国の船ではなく、自分たちの軍艦へと様相を変えていった。

「司令部より命令です」

　通信長が命令文を玉木艦長に手渡す。伝令でも電話でもなく持参したのは、それが軍艦としてははじめての命令だからだろう。

「小沢さんの指揮下に入るのか」

命令はマレー部隊の小沢司令長官の麾下《きか》に入るようにとあった。

シンガポールの戦艦プリンス・オブ・ウェールズと巡洋戦艦レパルスが動き出した場合に備え、戦艦戦力を編入するということらしい。

とは言え、玉木少佐は小沢司令長官のマレー部隊の編成を知らない。作戦の最中に編成を事細かに教える奴もいないだろう。

ただ、Z艦隊に備えて戦艦を編入するということは、小沢艦隊には戦艦戦力は編入されていないのだろう。

「二時間後に射撃訓練を行う」

玉木艦長は艦内放送で、そう宣言する。

自分たちがZ艦隊と撃ち合う可能性はわからない。案外、シンガポールを死守するZ艦隊に対して外から砲撃を仕掛ける。そんな予感も玉木少佐にはあった。

なぜならZ艦隊にその気があれば、日本軍が侵攻した時点で出撃しているはずだからである。

しかし、いまに至るもそんな情報は届いていない。

小沢司令長官は偵察機も使えるらしいから、Z艦隊はシンガポールにいるのだろう。日本軍の奇襲のために、出撃のチャンスを失ってしまったのかもしれない。

船団による上陸は終わったか、もう間に合わないのであれば、Z艦隊が出撃する意味もない。

そうであれば、シンガポールに籠城して砲台として活動するということになるだろう。その時、戦艦ターチンとメークロンの四二センチ砲がものを言う。

小沢司令長官が自分たちを編入したのは、おそらくそういうことなのではなかろうか。

二隻の戦艦は不用心ながら、戦艦のみで小沢艦隊と合流すべく航行していた。航行しながらも、各分隊は一体感を作りだすべく活動していた。

そうした分隊の中には通信科も含まれていた。そして、本来の定数よりかなり削られている分隊の一つが通信分隊だった。

通信科を軽視しているわけではなく、当面は艦隊司令部くらいしか連絡を取る相手がいないためだ。

指揮系統では、戦艦ターチンとメークロンは司令官直率という形の一本の線でかろうじてつながっているだけだ。

だから通信科の人間は大幅に減らされていた。重量だけの話をすれば、戦艦に持ち込まれた教範の総重量のほうが、通信科の人間の重量より重いかもしれない。

ただ通信長は、新兵を中心に部下たちへの訓練は熱心に施していた。

じつは通信機は日本製ではなく、イギリス製であった。さすがにイギリス海軍の新鋭機材ではなく、輸出用軍艦相応の機材なのだろうが、必要十分な性能は有している。

機材の表示なども、タイ語なら日本語で上書きすればいいだろうし、ある部分の機械については英語表記をそのまま使っても問題はない。

ただ、機材丸ごとがイギリス製というのは、操作性に共通の部分と異なる部分が混在しているため、癖を覚えるのにも訓練は重要だった。

ともかく友軍の通信を傍受し、暗号を復号する。自分たち宛の暗号通信は、まず来ることはないわけで、これにはさっぱり状況がつかめない戦況を読むという意図もあった。

通信長にとって意外だったのは、戦艦ターチンやメークロンの通信科が装備する無線機の数が、日本海軍の標準と比較して驚くほど少ないことだった。

日本海軍では戦艦や空母の場合、戦隊旗艦や艦隊旗艦として、あるいは臨時編成の部隊指揮艦として運用されることも珍しくないため、多数の無線機を搭載するのが常であった。

艦隊旗艦の場合は、各種送信機で一八基、受信機でも各種合わせて四〇基が基準であり、そうでない一般の戦艦でも送信機一二基、受信機一三基が必要とされていた。

隷下《れいか》の艦艇との通信用や上位部隊との通信用、さらには僚艦との通信用にも無線機は必要で、さらに本国を遠く離れた外洋での作戦から近距離での部隊通信まで、作戦の必要性や地理的環境からも複数の無線設備が必要となる。

だが、諸般の事情で本国から一日二日、つまりはシャム湾近海での戦闘を想定し、なおかつ連絡を行うべき艦艇の数が少ないタイ海軍では、それほど無線設備を準備する必要はなかったのだ。

ただ、設計施工に日本海軍やイギリス海軍が関与した関係もあって、通信室はそれらの海軍の戦艦相応に広い。

しかし、運用する側の実状に合わせているので、広い通信室には無線機の置かれていない空間が目についた。

とは言え、乗艦した通信科の人間も定数以下なので、それなりに全員に通信機は割り当てられた。

そうしたなかでの九日の午後三時過ぎだった。

「これは、間違いないのか?」

「間違いないよ」

暗号員はむっとした表情で答える。

退役していたのに、暗号に関する専門知識のために動員された下士官は、下手すれば自分の子供くらいの年齢かもしれない通信長に頭を下げるが、言葉遣いはぞんざいになった。

「だいたい間違ったやり方だったら、全体が意味の通る文章にはならんだろ」

「それはそうだが……」

「さっさと艦長に報告したほうがよくないか」

暗号員に促されるまま、通信長は艦橋に電話を入れる。

「艦長、ちょっと問題が……」

3

「どう思う、副長?」

玉木が艦長と呼ばれるので、副官格の増田は副長と呼ばれるようになっていた。全体として、それが自然な流れだからだ。

じつを言えば、いま戦艦ターチンとメークロンは階級と役職が一致していなかった。

少佐の玉木が軍艦の艦長ということが、そもそもおかしい。少佐なら、よくて分隊長だ。

とは言え、それは状況から生じたことで、玉木が指揮官で二戦艦を奪取できたのだから、それは当然だろう。造船所の支配人として戦艦についても知悉《ちしつ》している。

ただ、臨時に戦艦を運用できる人間をかき集めたことは、微妙な状況を生んではいた。退役した人間を現役復帰させたことで、大佐こそいないものの中佐、少佐が一〇人以上いるのだ。

「俺が最先任だから俺が指揮を執る！」とごねる人間は幸いにもいなかったが、玉木の命令に素直にしたがわない人間は何人かいた。

反抗こそしないが反応が遅いのだ。ただそれは階級の問題なのか、老齢のためか、玉木にも判断しかねた。

それでもともかく、いまのところ戦艦二隻は大きな問題もなく動いている。通信科も含めてだ。

「無視はできないと思います」

増田副長は通信文の紙を手に取りながら言う。

それは、伊号第六五潜水艦からの報告だった。日本時間の一五一五にレパルス級戦艦を発見したというものだった。

「イギリス艦隊が活動しているという情報はないのだな？」

「通信科はそうした情報を受けていないそうです。一つ二つなら聞き逃すこともあり得るかもしれませんが、これだけ重要な情報について、まったくほかの部隊が沈黙しているのは不自然です。

それに、シンガポールのZ艦隊が本当に動き出したのなら、我々になんらかの命令が下ってしかるべきでは。南シナ海では、我々は最強の戦艦なのですから」

「そうなるな」

それはそうなのだ。艦隊編成として、いまだに腰の定まらない二戦艦ではあるが、その軍艦としての性能は、おそらく日本で建造されているという新型戦艦をのぞけば、南シナ海最強だろう。

少なくとも戦艦プリンス・オブ・ウェールズと互角に戦える実力を持つ。

だからこそZ艦隊が動いたならば、小沢司令長官から自分たちに対して、何かあってしかるべきなのだ。

「何かの間違いでしょうか」

「偵察機はなんと言っている？」

「特に異常はなかったと報告しています。ご存じのように、友軍船団の航跡らしきものが確認できた程度で」

「そうだったな」

友軍船団の航跡については、玉木少佐も報告は受けている。偵察を命じた以上は、結果確認をしなければならないからだ。

マレー作戦についてほとんど何も知らされていない立場であり、それについての判断はつかなかった。

船団はマレー半島と南部仏印の間を往復することになるから、南下する航跡も北上する航跡も両方あり得る。

そもそも、それが航跡かどうかも釈然としない。はっきり断言できるほど天候には恵まれていない。

「天候だな」

「天候ですか」

「伊六五潜にしても、悪天候で問題のレパルス級軍艦を見失ったと報告している。だとすると、軍艦を目撃したとしても、それが巡洋戦艦レパルスかどうか判断はつくまい。よくて大型軍艦がいたというくらいだろう。

シンガポールに在泊しているイギリス軍艦って何がある？」

「戦艦プリンス・オブ・ウェールズとレパルスを除けば、駆逐艦とD級の軽巡四隻だったと思いますが」

「アメリカ海軍艦艇の可能性はないな。となるとシンガポールの軽巡か」

じっさい中村造船所を襲撃したのもD級軽巡だった。それが日本軍の上陸に合わせて、なんらかの策動をすることは不思議でもなんでもない。

「たぶんこのまま南下を続ければ、あるいはこの軽巡洋艦と遭遇できるかもしれんな」

玉木少佐は考える。戦艦の一体感を確立するためには、実戦経験を積むのが最善だ。そしていまの自分たちの実力を考えれば、D級軽巡洋艦は適当な相手ではないか。

中村造船所でも敵巡洋艦は撃破できたが、あれは造船所の施設も活用できたのと、きわめて例外的な近距離戦闘だったからだ。

しかも、戦艦奪取のための最小限度の人数での戦闘だった。いまとは状況が違いすぎる。

軍艦として乗員が一体となって敵を攻撃する。

いま自分たちに必要なのはそれであり、この敵軽巡洋艦はそれを涵養《かんよう》する、またとない機会ではないか。

それはひどく傲慢《ごうまん》な考え方であった。しかし、玉木少佐はその傲慢さに無自覚だった。彼の関心はそれよりも、自分の指揮の下で、この軍艦を戦力として錬成するところにある。

生臭い話をするならば、玉木少佐は大きな功績をあげたとは言え、自分が戦艦の艦長になれるかというと、その可能性は低いだろう。

彼らのキャリアは中村造船所支配人のように、艦隊とは離れた場所で構築されたものだ。

鎮守府か海軍関係官衙のしかるべき課長や次長が一番現実的だろう。なんとも夢のない話だと思う。

海兵を志願したのは、自分もバルチック艦隊を降《くだ》した東郷平八郎元帥のような一軍の将となるためではなかったか？

しかし、いざ海軍に奉職すると、そうは言っていられないこともわかる。

子供が「連合艦隊司令長官になる！」と言うのも、英雄になりたいという気持ちと同時に、海軍には連合艦隊以外の職種があることを知らないからだ。

矛盾するようだが、玉木少佐が非艦隊勤務にやりがいを感じていたのは嘘ではない。それは裏方的な仕事かもしれないが、組織である以上は階級があり、役職があり、仕事があり、責任がある。

おそらく自分はマレー戦が一段落すれば、陸上勤務となる。日本本国か、南方の占領地のどこかの基地か。

艦隊勤務の目がないのであれば、いまここで戦艦の艦長を満喫するのも悪くないではないか。

「あるいは大川あたりが、艦長かもしれんな」

玉木少佐は、海兵同期の出世頭のことを思う。玉木とは違い赤レンガでの勤務をして、艦隊勤務も着実にこなしている。

いまは確か、軍令部第一部第一課首席部員のはずだが、昨今は昇進も早いので年明けには大佐だろう。

大佐になれば軍艦の艦長だ。そして大川は海軍省時代に、この戦艦ターチンの設計を藤本造船少将に依頼した男でもある。

そういう意味では因縁めいた話であるが、玉木には大川が艦長になりそうな予感がした。根拠はない、予感だけだ。

そして玉木は気がつく。大川が艦長になるという予感は、自分がこの作戦では死なないということだ。艦が傷つき、自分が戦死しては大川艦長の可能性もない。

何を馬鹿なことを考えているのか。玉木は自分を叱る。

「ともかくいまは、自分たちの本分を尽くし、この戦艦を戦力とすることだけだ」

4

伊号第六五潜水艦の報告は、戦艦ターチンとメークロンの通信科の傍受より遅れること二時間で、小沢司令長官のもとに届いていた。

「偵察機の報告では、戦艦二隻はシンガポールに在泊しているのではないのか？」

小沢司令長官は、すぐに偵察機を出した航空艦隊に確認を要請した。すると折り返し、とんでもない報告が届いた。

「戦艦だと思っていたのは、貨物船の見間違いでした」と。

艦隊決戦のためにすべての戦備が体系的に構築されている日本海軍は、陸軍よりも航空偵察や写真分析の水準が劣っていた。

軍令部が想定している艦隊決戦の場面では、写真偵察の出る幕がないことが主たる理由だが、現実は違った。

海軍航空隊も敵地の写真偵察を行わねばならないような事態が急増したのだ。しかし、人材も機材もそれらに対応できる水準ではなかった。

だから原因は、海軍首脳の対米戦略の選択肢の少なさにあったのだが、それはそれ。小沢司令長官にとって、シンガポールにZ艦隊が在泊していない事実は作戦推進上、大きな問題だった。

小沢司令長官は、まず揚陸中の船団には退避を命じるとともに、マレー部隊と船団護衛部隊に集結を命じ、Z艦隊がいるであろう海域に針路を取った。

この情報は、マレー艦隊の上位部隊である南方艦隊の近藤信竹司令長官にも伝えられた。

小沢司令長官は、組織編制的には戦艦ターチンとメークロンを編入しているが、戦力化できているとは言いがたい状況であり、最大の軍艦は旗艦鳥海をはじめとする重巡洋艦数隻だった。

それでも小沢司令長官は、夜間に水雷戦隊が攻撃を仕掛ければ、Z艦隊に勝てると判断していた。

ところが戦艦二隻を有する近藤部隊は、カムラン湾方面に向かっていたこともあり、夜戦という考えはなく、後日、小沢艦隊と集結して敵に臨むという消極的な作戦方針を立てていた。

そのため、九日の時点でZ艦隊と矛《ほこ》を交わせそうなのは、小沢艦隊しかなかった。

この間も南部仏印の海軍航空隊はZ艦隊を求め出撃していたが、悪天候のために出撃機の三分の一が引き返さなければならないような状況だった。

状況が動いたのは、マレー艦隊に所属する潜水戦隊旗艦の軽巡洋艦鬼怒の索敵機がZ艦隊を発見したことからだった。

鬼怒は独自の判断で索敵機を飛ばしていたが、これはほとんど奇跡に近かった。天候が悪いこともちろんだが、大正時代に設計された五五〇〇トン型軽巡洋艦は、設計時には航空兵装はなく、後から増設したものであったためだ。

増設と言っても、搭載水偵は一機のみ。水偵があるのとないのとでは雲泥の差であるが、あるといっても一機である。

その一機を索敵に出してZ艦隊を発見できたというのは、幸運としか言えないだろう。

これが一八三五のことであり、鬼怒機の発見から鈴谷・熊野の艦載機も合流し、Z艦隊を追躡した。

だがこの後、すぐに日没となり、荒天ということもあって以降の触接は断たれてしまう。

この状況でも小沢司令長官は、玉木少佐らの二戦艦には集結を命じなかった。

一つには、彼が把握している二戦艦の位置からすれば、今夜の夜襲には間に合いそうにないからだ。

そして、近藤艦隊との合流を優先すれば、邂逅《かいこう》はさらに遅れてしまう。それは早急なる制海権の確保という点では望ましくない。

さらに小沢司令長官の本音を言えば、戦艦ターチンとメークロンの実力を評価していないことも大きい。

玉木少佐は作戦の全体像などまるでわかっていないが、小沢司令長官は違う。中村造船所の戦艦奪取計画も含め、すべてを把握していた。

だからこそ、スペック的には最強の戦艦でも、戦力としては信用していなかった。

昨日までは外国軍の戦艦で、それがいまは日本海軍の管理下にあるとは言え、定数に満たない人数で、しかも新兵と国民兵役同然の幹部たち。

乗員の技量の程度は問わないとしても、外国軍艦を一日や二日で簡単に操れるわけがない。それが常識というものだ。

中村造船所ではイギリス巡洋艦を撃沈したという報告も届いているが、旧式のD級軽巡洋艦と自分たちが探している戦艦プリンス・オブ・ウェールズでは、軍艦としての格が違う。

これが半年先なら、小沢司令長官も積極的に活用する策を考えるだろうが、いま現在の状況では、四二センチ砲はもったいないが戦力に加味しないほうが無難だろう。

艦隊行動で足を引っ張られてもかなわないし、それと同時に、じつは連合艦隊・軍令部では、四分六で戦艦ターチンとメークロンの奪取には成功しないと考えられていた。小沢司令長官も同意見であった。

いかに造船所が日本の管理下にあるとはいえ、外国の施設であり、戦艦にはタイ海軍の人間も乗っている。

占拠するだけならまだしも、それを確保し、機関を作動させ、外洋に出ることまで成功するのは、寛大に見て四分六と考えられていたのである。

連合艦隊・軍令部の建前としては、作戦が失敗することを前提にはできない。

ただ本音では失敗を前提として、ほかの作戦には影響しないように色々と布石が打たれている。玉木少佐らが作戦の全体像を知らないのも、用意された乗員が新兵とロートルなのもそのためだ。

とは言え、上層部の認識も一枚岩ではなかった。戦艦奪取の成功確率の推定も、じつは連合艦隊と軍令部では違っていた。

連合艦隊司令部のシナリオとしては、奪取不可能となった時点で艦を破壊するも、素手で轟沈は無理だろうから、できるのはせいぜい機関部を爆破して数ヶ月は動けなくする程度と考えていた。

なので第一段作戦が終了するまでは、タイ海軍が日本軍の作戦に掣肘《せいちゅう》を加えることもなく、イギリス軍がタラントのように奇襲して奪取することもないならば、適当な時期にサルベージして改めて戦力化することを考えていたのである。

ただ軍令部と連合艦隊司令部では、このへんの認識は違っていた。玉木少佐が上層部の意図を図りかねていたのもこのためだ。

軍令部は、奪取不可能なら火薬庫に火を放って轟沈させることを考えていた。サルベージなど山本五十六連合艦隊司令長官の頭の中の妄想という扱いだ。

この認識の差は、真珠湾作戦の実行に関する連合艦隊と軍令部の確執が原因だった。

要するに、戦艦ターチンとメークロンが早期戦力化できるから、一航艦を真珠湾に出せるという連合艦隊側の主張に対して、戦力化など画餅と主張する軍令部の対立だ。

だから、本音の成功確率が四分六という数値も、軍令部が七三で失敗、連合艦隊司令部が五分五分で成功という見積もりの間を取っての四分六だった。

小沢司令長官は、軍令部と連合艦隊の対立について、それほど関心はなかった。ただ成功確率は四分六という評価に、「まぁ、そうだろう」と思ったというだけだ。

なので戦艦奪取の成功は奇禍《きか》としても、やはりマレー艦隊の戦力とするのは早計と思うのだ。

むしろ、せっかく手に入れた四二センチ砲搭載戦艦を、戦艦プリンス・オブ・ウェールズとの戦闘で傷つけたくはない。

こうした考えから、小沢司令長官は玉木少佐には積極的に連絡をとらなかった。

すでにアメリカとも宣戦布告状態であり、イギリスに攻撃されなくても、アメリカの潜水艦か何かに攻撃される可能性もある。護衛の駆逐艦などはないのだ。

だから小沢司令長官は、Z艦隊との位置関係などを勘案し、玉木少佐には無線封鎖を命じた。不用意な電波発信で位置を気取られないためだ。

小沢司令長官の采配としては、これで完了したはずだった。

しかし、Z艦隊への夜襲計画は予想外の事態により頓挫する。

二一三〇頃、視界はきわめて悪かった。仏印から出撃した陸攻隊も途中で帰還するものが続出した。

しかし、美幌空の陸攻三機だけは、悪天候の中を強引に進んでいた。そうしてついに、黒い海面に白い航跡を二条発見するに至る。

「敵艦隊だ!」

陸攻内は色めきたち、すぐに高度を下げ、航跡を追跡する。計算上、そこに敵艦隊がいるのは筋の通った話だった。

「敵艦隊発見、オビ島より一五〇度、九〇浬!」

陸攻隊は敵艦隊を発見し、それに対して吊光投弾を投下した。

じつは、その敵艦隊こそ、小沢艦隊の旗艦鳥海らであった。しかし、大型軍艦であることまではわかるが、戦艦か重巡洋艦かはわからない、その程度の視界である。

すぐに鳥海から発光信号を陸攻に送るが、陸攻隊はまったく反応しなかった。

小沢司令長官は友軍であることを示すために、あえて探照灯を点灯させ、陸攻隊に知らせようとするも、やはり反応はない。

仕方なく小沢司令長官は、サイゴンの基地航空隊司令部に状況を打電する。

「中攻三機、鳥海上空にあり!」

「吊光投弾下にあるのは鳥海なり！」

陸攻隊は基地隊からの「味方上空、引き返せ！」の緊急電で、やっと自分たちが狙っているのが友軍艦隊であることを知った。ひとつ間違えれば同士討ちである。

それまで夜襲をかけるつもり満々だった小沢司令長官も、同士討ち寸前という現実を前に、この状況下での夜襲は不測の事態を招きかねないと、夜襲を断念し、近藤艦隊と合流すべく針路を変更した。

この同士討ちを行いかけた美幌空の陸攻は計算を間違えたのだろうか？

そうではなかった。美幌空の陸攻隊の計算は正確だった。

5

「シンガポールに戻る」

フィリップス大将は、そう決断した。

彼はきわめて視界の悪いなか、夜空を照らす吊光投弾と日本軍艦によるものらしい探照灯の点灯を艦橋から確認していた。

「敵艦隊への攻撃は？」

参謀長の質問に、フィリップス大将は自嘲《じちょう》的な表情を向ける。

「その敵艦隊の編成を知っているのか、参謀長？正確な距離と方位は？」

「それは……」

「あそこに敵がいる。わかっているのはそれだけだ」

　Z艦隊は主力艦二隻に対して駆逐艦四隻というアンバランスな編成であったが、燃料不足から駆逐艦テネドスを分離していた。

　つまり、主力艦二隻に駆逐艦三隻。

　このアンバランスな艦隊編成では、日本軍の巡洋艦部隊と遭遇した時、きわめて不利な状況に置かれるだろう。

　砲火力では圧倒的だが、重巡が自分たちと戦っている間に駆逐艦部隊が突入し、雷撃を仕掛けて来る可能性は少なくない。

　そして手持ちの駆逐艦では、日本海軍駆逐艦を阻止することはできないだろう。

　こちらに巡洋艦があれば話も違ってくるが、旧式のD級軽巡洋艦は分離している。タイに向けた一隻も日本軍により撃破されたというから、能力の程度は察せられる。

　そんなアンバランスな艦隊編成で出撃したのは、フィリップス大将の目算としては、あくまでも狙いは日本軍の輸送船団への一撃離脱の奇襲であったからだ。

　船団相手なら、この編成でも敵に打撃を与えられる。そういう計算だ。日本の低い航空技術なら、いまのこの荒天では出撃できないだろうという読みもあった。

　しかし、いると聞いていた日本船団はなく、いるのは巡洋艦を有する艦隊らしい。しかも上空が照らされたということは、予想に反して日本軍航空隊はこの荒天でも活動できるらしい。

　吊光投弾とサーチライトのやり取りは、推測するに友軍と敵軍を誤認したことによるものだろう。夜間で、しかもこの視界不良の天候なら、それもあり得るだろう。

しかし重要なのは、敵の水上艦艇も航空隊も正確にイギリス艦隊の動向を読んでいるという事実だ。

そうでなければ、敵軍が敵味方を誤認する現場など目撃できるはずがない。

敵航空隊か敵水上艦艇のどちらかが、いまこの海域にいなければ、自分たちは敵に発見され、攻撃されていただろう。

天候に恵まれていたら、自分たちは水上艦艇と航空隊の両方から攻撃されていたのだ。誤認は言うなれば、単なる幸運でしかない。敵は自分たちを正確に把握している。

じつはこの時、小沢艦隊とフィリップス大将のZ艦隊の距離は一〇キロ程度に過ぎなかった。

だから、美幌空の陸攻隊が現れなかったとしたら、小沢艦隊とZ艦隊は至近距離での遭遇戦を演じることになっていたかもしれない。

だが、そうはならなかった。

陸攻からの吊光投弾と鳥海による探照灯照射により、戦艦プリンス・オブ・ウェールズを旗艦とするZ艦隊は、そこに日本軍部隊がいることを知った。

それは本当に際どいタイミングだった。五分ずれていれば、自分たちは遭遇戦をしていたかもしれない。

フィリップス大将が海戦を避けたのは、それだけではなかった。レーダーの調子が非常に悪いのだ。

おそらくは気象の影響なのだろうが、夕方に日本軍の水上偵察機と遭遇した時も、肉眼でそれを確認するまで接近にさえ気がつかなかった。

その後も二機の水偵に接触されたが、どれもレーダーでは発見できなかった。

そしていま、敵艦隊と航空隊のサーチライトと吊光投弾のやりとりを見るまで、そこに艦隊がいることさえわからなかった。

距離にして五マイル、六マイルという水準ではないか。それなのにレーダーはわからなかった。

レーダーの機械的な故障でないことは、戦艦プリンス・オブ・ウェールズだけでなく、僚艦の巡洋戦艦レパルスのレーダーも、これらの航空機や艦隊を捕捉できなかったことでも明らかだ。

レーダーが機能していたならば、敵機の接近にも対応できたし、敵艦隊の至近まで接近することはなかった。

日本艦隊もこちらと至近距離でありながら、積極的に打って出てこなかったのは、幸運にも彼らは我々に気がつかなかったのだろう。

これは、日本艦隊にレーダーが装備されていないことを意味する。だから、レーダー装備の利点を活かして日本艦隊に打撃を与えることも可能ではあったはずだ。

その頼みのレーダーが、悪天候が原因なのか何か知らないが、利用できないということは、自らの強みを発揮できないということだ。これでは戦えない。

敵船団も不明で、夜戦も有利に戦えないとなれば、自分たちがここにいる理由はない。

いまはシンガポールに戻り、再起を待つしかないだろう。

「戦艦プリンス・オブ・ウェールズがいる限り、シンガポールは陥落しない。

ならば、インド方面から空母や巡洋艦を呼び寄せ、その上でZ艦隊は出撃し、敵艦隊を撃破するのが最善ではないか」

それが、フィリップス大将がシンガポールに向かう決断をした理由だ。

「オランダ艦隊、アメリカ艦隊とも至急連絡をとる必要がある。

オーストラリアを加えたＡＢＤＡ合同艦隊を編制できれば、東洋艦隊の増援を待たず、日本艦隊に対抗できるはずだ」

それが可能だろうかと、フィリップス大将は自分で口にした作戦構想に対して疑念を抱いてもいた。

ＡＢＤＡ合同艦隊については、日本軍の侵攻がある前から検討されている。しかし、指揮権をはじめとする諸々の問題で頓挫したばかりだ。

なんとか妥協点を見いだそうとしていた矢先に、日本軍が侵攻してきたのだ。

この状況に、ＡＢＤＡ合同艦隊がまとまればいいとフィリップス大将は思う。

現時点で最大の火力を持つイギリス艦隊が指揮権を持つことに、アメリカ海軍のハート大将も異議を唱えはしないだろう。そこまで彼も愚か者ではないはずだ。

「ともかく、シンガポールで態勢を立て直すことだ」
フィリップス大将には、まだ希望があった。

第四章
初陣！

1

Z艦隊を発見した伊号第六五潜水艦の報告が小沢司令長官のもとに届くのには、二時間が必要だった。

それは傍受した側が緊急電としなかったこともあるが、潜水隊から潜水戦隊旗艦、さらに通信隊を経て艦隊司令部と、いくつもの工程を経なければ伝わらないためだった。

潜水艦の通信環境が水上艦艇に比べてよくないこともあるが、基本的に上意下達の通信系統ゆえの遅延と言えた。

なぜなら、潜水艦の報告が艦隊司令部に到達するのに数時間の遅れが生じるようなことは、今回だけではないからだ。

にもかかわらず、この問題がほとんど改善されなかったのは、日本海軍における潜水艦部隊という存在が、漸減邀撃《ぜんげんようげき》戦力として構築されてきたためだ。

短期の艦隊決戦戦力なら、上意下達で命令が末端に迅速に届くことこそ重要で、逆方向に、つまり末端から中枢に迅速に情報が届くかどうかは二義的になる。

これと同様のことは、戦艦ターチンとメークロンにも起きていた。

この二隻の奪取戦艦は、計画の秘匿もあって特設運送船一号、二号として処理されていた。そのため、近藤艦隊や小沢艦隊が隷下の艦艇に発した命令は、上意下達の通信網により迅速に伝達された。

ところが特設運送艦一号と二号は、そうした艦隊編成には属していない。

なるほど、小沢司令長官直率ではあるものの、それは長官に付属するのであって、マレー艦隊の戦闘序列に編入されているわけではない。

それはそうだろう。

奪取が成功するかしないかもわからない戦艦を、艦隊編成の中に組み込むわけにはいかない。編成から作戦意図が読み取られることだってあるのだ。

それに小沢艦隊であれ、連合艦隊であれ、国家予算で運営されている限りは、給与から軍需品の補給まで、すべて予算の裏付けがある。

そして、海軍官衙ではそうした予算的な事務処理は事前に準備されていた。つまり、小沢艦隊など既知の艦隊については予算的裏付けがあるが、戦艦ターチンやメークロンは違う。

組織が異なり、会計処理が異なる。予算が明確なのは戦艦を奪取し、乗員を移動させるまでだ。

これとて作戦が失敗したら、計上予算の返却処理が発生する。そもそも失敗の確率が高いと思わ立が解除されていた作戦だ。

なのでいま現在、二隻の戦艦が動いていることについて、じつは予算的な裏付けはない。それらは正式に日本海軍の軍艦として受けいれられた時に、改めて国家の会計に組み込まれる。

しかも、この時に組み込まれるのは受領時の燃料や弾薬、糧食などであり、中村造船所を出発し、日本に帰還するまでは予算的な裏付けはない。

厳密に言えば、消耗品は日本政府ではなく、それを積み込んでいたタイ政府の持ち物で、玉木少佐らはタイ政府の国家予算を消費して戦艦二隻を動かしていることになる。

このへんの精算は、日本政府とタイ政府の交渉で行われるが、後日精算の話であり、いま現在は関係ない。

このように艦隊編成でも海軍予算的にも、玉木少佐らは浮いた存在であった。

だから、近藤長官の命令は戦艦ターチンとメークロンには伝達されず、小沢司令長官の集結命令だけが伝達される。

ところが、マレー艦隊の戦闘序列には加えられていないため、その通信処理は鳥海から直ではなく、陸上の通信隊を介して輸送船団司令部経由で伝達された。しかも緊急電ではないので、あちこちで後まわしにされていた。

運が悪かったのは、鳥海と航空隊の同士討ちなどの混乱があり、基地航空隊と鳥海の間で緊急電が飛び交ったためにそちらが優先され、ほかの通信は後まわしにされたのである。

間が悪い時は徹底して間が悪いのは、タイの中村造船所からタイ海軍の戦艦を奪取するというこの作戦は極秘作戦であったため、近藤信竹以下の将校で、特設運送艦一号と二号が戦艦を意味していることを知っているのは数人に過ぎなかった。

だから一般の通信隊で、これが戦艦ターチンとメークロンであることを知る者は皆無だった。

特設運送艦とは一般的に徴傭商船であり、海軍将兵は軍艦と比べてそんな船舶を一段低く見ているから、後まわしの三乗、四乗で、玉木少佐が小沢司令長官の命令を受け取るまでに四時間を費やすこととなった。

じつは、玉木少佐は通信科の将兵に訓練と部門の一体感を養うため、友軍の通信を可能な限り傍受させていた。

だが、通信科の一体感については成果があったにせよ、玉木少佐の意思決定にとって、これはあまりよい結果を招かなかった。

Z艦隊の動向をめぐる事態の展開が早すぎるのと、通信科の人間が少なく、さらにタイ海軍の艦隊旗艦を担うはずのこの戦艦には、日本海軍の標準と比較して無線機の数が極端に少なかった。

マレー作戦の規模のように作戦が複雑になると、関係部隊には昼夜ごとに使用できる周波数などが、部隊や艦艇ごとに割り当てられていた。

もちろん、突発時の自由通信は認められているが、通常は作戦前に割り当てられた周波数帯と手順にしたがって無線通信は行われる。

しかし戦艦ターチンとメークロンは、通信については最小限度の取り決めしか通知されていない。

つまり、通信長が傍受できた通信を誰彼構わず複合させるなんてことは、じつは最初から不可能だった。

受信機の数しか電波は傍受できず、それも周波数割り当てが不明な部隊――ダイヤルを回して偶然傍受するか、経験的に割り振られることが多い波長に合わせて傍受してきたのだ――については傍受できない。

結果として玉木少佐に届けられる情報は、非常にかたよることになってしまった。

通信量が少ない段階では、それは大きな問題とならなかったし、半分偶然でも伊号潜水艦の通信傍受ができたことは、玉木少佐の通信科への信頼度を高めた。

だがその信頼度が、通信量をこなせなくなった時には裏目に出る。

玉木少佐は、近藤部隊のことは編成も何もかもわからないのに、その存在だけを知らされ、小沢艦隊との合流は命じられたが、どうして合流しなければならないのかの理由はまったくわからなかった。

当然のことながら、航空隊がどう動いているのかもわかっていない。

そのうえ命令を受けたのが四時間後であり、二戦艦はそんなことを知らないまま、小沢艦隊とは全然別の方向を進んでいた。

それはつまり、どこかにいるらしいD級軽巡洋艦の追跡であったが、じつはそれがZ艦隊であることに玉木少佐は気がつかなかった。

そもそも、Z艦隊がシンガポールに在泊していないという重要情報が届いてはいない。彼らには、航空隊による通信は皆無というのが実状であった。

だから、漠然とした玉木少佐の状況判断は、鳥海が陸攻隊により誤爆されかけたので、部隊を再編するための集結というものだった。

「どうも状況がわからんな」

玉木少佐が不審に思い始めたのは、鳥海が攻撃されかけたという事実に対してだった。どうしてあの荒天の中を陸攻隊は飛んだのか？

それに、何か意図があって飛行しない限り、鳥海と陸攻隊が遭遇することはない。

同士討ちが本来あり得ないのはもちろんだが、そもそも同士討ちになりかけるほど接近することそのものがおかしい。

さらに断定はできないが、玉木少佐が攻撃しようと考えていた軽巡洋艦の予想位置と、それほど離れていない。

まぁ、自分たちの想定自体が航跡があったとしての推測に過ぎないのだが、それでも非常に気になる事実だ。

小沢司令長官はイギリス軽巡を攻撃しようとし、陸攻隊も同じ相手を攻撃しようとしていたのか？

たかが軽巡一隻という気もするが、あるいは中村造船所の時のように、駆逐艦を備えた高速部隊を編成しているのか？

そうだとすれば、小沢司令長官の動きもわかる。旧式軽巡と駆逐艦の部隊としても、それが友軍船団を一撃離脱で攻撃すれば無視できない脅威となる。

小沢司令長官と陸攻隊はそれを撃破しようと試み、現時点で成功していない。

ただ、小沢艦隊ですら敵味方の識別が困難な状態で、敵艦隊も戦果をあげるのは困難ではないか？

おそらくは、そういう判断が部隊集結を命じた理由かもしれない。

「飛行長、水偵を発艦させられるか？　いや、全機だ。六機すべてを出す！」

2

戦艦ターチンとメークロンには、それぞれ六機の艦載機が搭載できた。だから理屈の上では、最大一二機の水偵を展開可能だ。

しかし実際には、二隻あわせてＡｒ１９６が六機しかない。一隻あたりにすれば、定数の半分の三機だ。

このへんは設計の問題で、藤本造船少将が行った基本設計は、やはり日本海軍の新型戦艦のための基礎実験的な色彩が強く、タイ海軍の運用は無視されたも同然だった。

本当にタイ海軍の運用に合わせて設計すれば、自前の偵察機は二機で十分で、広域の偵察は陸上基地からの支援が期待できただろう。狭い領域での活動を想定しているなら、それで十分だ。

もっと言えば、航続力も日本戦艦ほど必要ないから、排水量を小さくするか、装甲を厚くすることも可能だっただろう。

しかし、良くも悪くも戦艦ターチンとメークロンは、外洋での活動が可能な戦艦なのである。

この発注側と受注側の思惑の違いが、六機運用可能な艦載機が三機しか積まれていない理由だ。

これだって、ドイツ側が「いまなら二機のお値段で三機購入できるチャンス！」という売り込みをかけなかったなら、二機しか飛ばせなかっただろう。タイ海軍は二機で十分と考えていたのだから。

もっとも、いまの戦艦ターチンとメークロンは飛行科の人間も少ないため、三機飛ばせば、それで余力は完全になくなるような状況だった。

ともかく、二隻あわせて六機のＡｒ１９６水上偵察機が発艦する。しかし、夜間ということを差し引いても、偵察機にとっては過酷な状況であった。

密閉された双発の陸攻でも脱落機が出るような気象状況ゆえに、単発でオープンな水偵にとっての過酷さは倍加する。

六機のうちの四機は、じっさい発艦して一時間ほどで帰還してきた。

帰還してきたが荒天の中で着水したため、一機がクレーンでの回収中に船体に衝突し、主翼が折れ曲がり中破した。

また、一機が洋上で高波に遭遇し、乗員はかろうじて無事ながらも機首と主翼が大破し、これは捨てるよりなかった。

結局、一回の飛行で六機のうち二機を失うという痛手を被った。とは言え、飛行長はＡｒ１９６水上機を失ったことを、さほど苦には思っていなかった。

使い慣れた海軍の水上機のほうが性能で勝っていると思っていたからだ。

オリジナルに忠実なＡｒ１９６水上機なら、また違うのかもしれないが、武装は半減以下になり、風防まで撤去されたとなれば、運用面でも性能面でも、日本の水偵に軍配は上がろう。

六機中四機はこうして帰還したが、残り二機は飛び続けた。彼らも再召集をかけられた現役復帰組だった。

水上機と言えば、複葉機しか飛ばしたことがないような操縦員たちだ。しかし、だからこそ彼らは飛び続けた。

時局が不穏になってきた時、市井《しせい》の人間だった彼らは、自分たちが現役復帰することを半ば予測していた。

召集される人間は、自動車の運転免許を持っているなど、特殊技能の持ち主から優先して集められる。

陸海軍の機械化が進む一方で、日本社会の機械化は、依然として都市部の限られた領域でしかない。

そのため、機械を操れる人間の絶対数が足らず、そういう人間は一朝《いっちょう》有事ともなれば、すぐに召集されるのだ。

自動車の運転免許が召集者リストのトップグループならば、飛行機の操縦ができるとなれば、市井で市民生活を送れるはずがない。

その水偵の操縦員も、自分の現役復帰を予想していた人間だった。多額の国費を費やして飛行機の操縦を会得したからには、これも避けられまいと覚悟していた。

ただ、操縦を学んでいた頃といまでは状況が異なる。いまの自分には妻子がいる。自分は海兵にも陸士にも行けなかったが、子供たちには進ませたい。

妻子の将来を、その豊かな生活を考えるなら、子供たちの教育費は必要だ。だから、彼は死にものぐるいで働く決心をしてきた。同時に必ず生還するとも決めている。

おそらく戦争が終わるまで復員できないと、彼は考えていた。近代戦に機械を操れる人間は不可欠だからだ。

実例がある。彼の親戚は陸軍に召集されていた。満州事変が終わり、独立混成第一旅団が編成された時だ。

親戚は比較的大きな商店を経営していた関係で、トラックを月賦で購入していた。フォードの中古だが、それでも二〇〇〇円した。

それを商売に使うために運転免許を持っていた。運転免許と一言でいうが、ハンドルが握れればすむというものではない。自動車の修理も自分である程度できなければ、警察も免許はくれないのだ。

そんな彼が独立混成第一旅団に召集されたのは、ある意味で必然と言えた。

師団管区や連隊管区の名簿には、彼が自動車運転免許保持者の甲種合格というリストがちゃんと整備されている。あとは役場の兵事係に連絡して、召集令状を届けさせるだけだ。

親戚はたまに帰省すると、独立混成第一旅団が日本唯一の機械化部隊と自慢するのだが、内心は大変だったらしい。

なにしろ二年兵役が普通なのに、彼は自動車免許があるという理由で兵役を延長され、三年兵役につかされた。

　復員してから聞いてみれば、日本初の機械化部隊も内情は大変だったと言う。大量の自動車を動員して編成したのはよかったものの、自動車を運転できる人間が少ない。整備兵も足りない。

　なにしろ国産のトラックやバスの生産が一〇〇〇輛程度の時代だ。外資のフォードやＧＭは二万輛の自動車を生産していたが、それにしても日本全体では微々たる数だ。

　そのため独立混成第一旅団は、自動車を扱える人材の確保に最後まで苦労したという。

　結果的にこの旅団は三年ほどで解隊されるが、その背景には三年兵の大量復員の問題もあったらしい。

　足りないから兵役を延長したが、それが限界になれば抜けた穴は埋められないという道理だ。

　軍に残った親戚の戦友も、すぐに関東軍自動車隊などに異動させられたとのことだった。

　関東軍自動車隊も満州事変では、相当数の傭人を用いて自動車隊を編成しなければならないのが現実で、独立混成第一旅団のような部隊を、ほかの歩兵師団などとともに維持できるだけの人材が、当時の日本陸軍にはなかったのだという。

　そんな話を聞いていればこそ、彼としては覚悟を決めねばならなかった。どう考えても自動車免許の保有者よりも、飛行機の操縦員のほうが少ないのだから。

　そしてその予想は当たり、いま彼は夜の海を飛んでいる。

天候は思わしくないが、彼はこんな夜に飛行したことがあった。複葉機での夜間訓練中に天候が急変したのだ。

海軍に奉職していて、退役前に日華事変にも参加した彼ではあるが、死を覚悟したのはあの夜だけだ。

方位もわからず、海面も見えない。海のほうが暗いため、自分は背面飛行をしているのではないかという錯覚にさえ襲われた。

当時の飛行機は、それほど高度も出せない。まして荒天のため、飛行機は中高度以下を飛ぶことを強いられる。

高度計は海面まで高度があることを示しているが、どこまで信じていいか、それがわからない。気圧の違いで高度を割り出すとしても、周囲の気圧が変動しているのだから。

誤差が一〇メートルでも、海面が見えない中では、それが命取りになりかねない。

そんな状況で彼が生還できたのは、馬力に限度があるとはいえ、水上機のエンジンの高い信頼性と、荒天の中で出漁していた一隻の漁船のおかげだった。

飛行機はエンジンが止まることなく飛び続け、そして海面の場所と高度を知ることができた。

漁船の灯りが見えた瞬間、彼は自分がどこを、どこに向かって飛んでいるのか瞬時に理解した。

それは、いままで自分が上下感覚さえ見失っていたことが嘘のような話だった。そうして彼は無事に基地に戻ることができた。

いままさに、敵艦を求めて飛行している中で、彼にはあの時の感覚が蘇《よみがえ》ってきた。

だからこそ飛び続けていられた。

母艦からは状況報告を求められもした。僚機の大半は、荒天を理由に帰還したらしい。さもありなんと思う。

僚機を馬鹿にしたのではなく、あの希有な体験をしていない者には、この空は飛べないだろうと思うからだ。

それは自分の技量を誇るのとは違う。ただただ己の幸運を思うだけだ。あの体験をなし得たことと、そこから生還できたことに。

「ん!?」

海面に何かが見えた。

暗い海面の中の一筋。それは明るいからでも、白いからでもなく、荒れた海の中で不自然だからこそ、一条の何かとわかったのだ。

彼は操縦桿を握り、その航跡を追う。高度を下げ、詳細に観察する。それは複数の船舶の航跡だ。

軽巡洋艦一隻と聞かされていたが、あるいは駆逐艦も何隻か伴っているのだろう。

波頭の白から高度を割り出し、その航跡が大型軍艦のものであると確認する。

「母艦に報告！　敵巡洋艦部隊を確認！」

彼は緊急電を打たせ、さらなる追尾に入る。それは闇の中から唐突に現れた気がした。

風雨に遮られた視界の中で風向きが変わり、一瞬、雨のない空間が現れる。その空間の中に二隻の巨艦と三隻の駆逐艦のシルエットが見え、それは風向きとともに消える。

「緊急電だ。あれは軽巡じゃない戦艦だ！　戦艦

「プリンス・オブ・ウェールズは、ここにいる！」

水偵の周辺の風向きが変わり、完全に敵艦隊は消える。それは幻かと思うほどだった。

彼は周囲を旋回するが、一瞬自分の位置を見失い、見当識が戻った時には、敵艦隊を完全に見失っていた。

だから、彼は母艦に戻るしかなかった。

3

「戦艦プリンス・オブ・ウェールズと巡洋戦艦レパルスがいるのか」

玉木少佐は半信半疑だった。この二隻はシンガポールに在泊中ではなかったか？

「どうする？」

増田大尉に尋ねるも、玉木少佐の考えはほぼ決まっている。

戦艦ターチンとメークロンで、戦艦プリンス・オブ・ウェールズと巡洋戦艦レパルスを攻撃する。火力ではおそらく自分たちが優位にある。乗員の練度は劣るが、それは夜襲をかければ補えるのではないか。

「小沢司令長官に確認しては？」

「確認か……報告はするか」

増田大尉は攻撃に消極的というより、玉木少佐が決断することに対して消極的だった。

確かに、そうだろう。奪取した戦艦二隻で、いきなり慣熟訓練もしないまま攻撃を仕掛けようというのだ。

だが、玉木には彼なりの考えがある。奪取に失敗したら火薬庫に火を放てと命じられていた戦艦だ。

つまり日本海軍としては、戦艦ターチンとメークロンに関しては、手に入ればプラスになり、敵の手に落ちればマイナスで、自沈してプラスマイナス・ゼロというような存在なのだ。

だったら、敵戦艦と刺し違えても、日本海軍にとって十分プラスではないか。彼はそう考えた。

このへんは、せっかく手に入れたのだから、可能な限り無傷で手に入れたいと考えている小沢司令長官などとは、意識の隔たりは確かに大きい。

ただ、危険を冒して自分たちの手で戦艦を手に入れた玉木少佐と、他人がうまい具合に戦艦を手に入れたと考えている小沢司令長官との意識の差と言えた。

それに刺し違えてもと言いながら、玉木少佐は負けるとは思っていない。

戦略的な話をすれば、戦艦プリンス・オブ・ウェールズが沈まずとも中破くらいしてくれれば、つまり、海軍戦力として無力化されたならば、日本陸海軍のマレー作戦の脅威にはならない。

そして、戦艦プリンス・オブ・ウェールズを受け入れられる港湾が限られている以上、中破で逃げても戦艦プリンス・オブ・ウェールズは自沈以外の選択肢はない。

よしんばどこかの港湾に入港できたとしても、そこで修理作業ができないのならば、沈めたのと同じだろう。

玉木少佐がそこまで強気でいられたのは、戦艦ターチンとメークロンが高速戦艦であるからだった。速力は巡洋戦艦レパルスよりも速い。

だから、砲戦でのイニシアチブを握ることができる。つまり、劣勢なら逃げ切れるということだ。

増田副長は、そこまで楽観的ではなかった。乗員の定数を満たせず、しかも錬成も満足にできていない。最低限度の戦闘が可能な人数は揃っているが、勝てる試合などできるだろうか？

さらに少佐・大尉という自分たちが、状況が許しているとはいえ、戦艦を勝手に戦闘に投入していいのかという疑問もあった。

ただ玉木少佐が戦う気である以上は、部下である自分がしたがわないわけにはいかない。特に本当に戦闘となれば、自分と玉木の意見が合わないようでは、勝てるものも負けてしまう。

なので増田大尉が唯一、希望をつないでいたのは、小沢司令長官からの戦闘中止命令であった。

さすがに司令長官からの命令には玉木少佐も逆らうまい。

だが、増田大尉の望みは叶《かな》わなかった。というより、叶うはずがなかった。

戦闘序列的に彼らは特設運送艦扱いであり、通信系統の優先順位もずっと低い。玉木少佐の攻撃報告が小沢司令長官に届く頃には、戦艦同士は戦闘状態に入っているだろう。

小沢司令長官が戦闘を禁じたとしても、下手をすれば、通信系統をそのまま下って命令が届くのは数時間後になる。

したがって小沢司令長官は、玉木少佐の采配を左右できる状況になかった。結局、このような事態に至ったのは、艦隊通信の不備に尽きるだろう。

たぶん失敗するだろうというような曖昧《あいまい》な見積もりで、通信系統を未整備のまま放置したことが、こうした事態を招いたのだ。

「ともかく、我々は敵より速度で勝り、さらに敵艦には電波探信儀もないらしい」

「なぜ、ないと?」

「副長、考えてもみろ。電波探信儀があれば、水偵は攻撃されているはずじゃないか」

4

天候は相変わらず悪い。

それはフィリップス大将の気持ちを、よりいっそう暗いものにした。

——自分たちは日本軍を撃退できるのだろうか?

そんな考えが、フィリップス大将の頭からはなかなか消えなかった。日本軍に勝てるかではなく、日本軍を撃退できるかとなるのは、日英の立場の違いだ。

日本はどうやらアメリカとも戦端を開いたらしい。しかも真珠湾を奇襲し、米太平洋艦隊の主力艦は軒並み沈められたという。

司令部からの情報が、どこまで信じられるのかはわからない。

本当にそれだけの損害を米太平洋艦隊が被ったとしたら、むしろ大混乱により、正確な情報が伝わらないのではないかとも思う。

しかし、損害が軽微なら早々に正確な情報が流れるはずで、つまり情報が正確でも不正確でも、米太平洋艦隊は大打撃を被ったのだ。

そもそも、真珠湾が奇襲攻撃を受けたことそのものが異常事態だ。

日本から真珠湾まであれだけの距離を、誰にも発見されずに航行し、奇襲を成功させるなど本来ならあり得ないはずだ。

いずれにせよ、日本の南進を阻む戦力は、ハワイから数年はやって来ない。

一方で、イギリスはドイツ・イタリアとの戦争を遂行し、勝利するためには、植民地からの経済力が不可欠だ。

そのためにはマレー半島を死守しなければならぬ。さもなくば、日本軍はビルマからインドにまで兵を進めるだろう。

マレー半島やビルマはまだしも、インドまで失えば、イギリスは国家として存亡の危機を迎えるだろう。

だからこそ、日本軍を撃退しなければならない。しかし残念ながら、アジア方面の戦力ではそれが限界だ。

イギリス軍が日本本土に進駐することは不可能だ。それだけの国力があるなら、まずドイツに対して向けている。

言い換えれば、イギリス軍はただの一度もアジアで負けるわけにはいかないのだ。一回の敗北で、すべては失われる。

だが、日本は違う。日本はいまのこの攻勢に失敗したとしても、それで何かを失うわけではない。次の攻勢を仕掛ければいい。

彼らは勝つまで、それができる。そして勝ってしまえば、それでいいのだ。

セイロンやモルジブ南端のアッズ環礁からの増援さえ間に合えば、シンガポールは死守できる。シンガポールがある限り、マレー半島は確保できる。

それを米太平洋艦隊再建の日まで続けられれば、ようやく「撃退」ではなく「勝利」の話ができる。

しかし、それは可能なのか?

シンガポールの戦力はあまりにも乏しい。大型軍艦は旧式のD級軽巡洋艦四隻だが、二隻はドック入りの最中で、一隻はタイの造船所襲撃に失敗して沈められた。

稼働軍艦は一隻だけだ。それがシンガポールを守っている。

それに、いまここには主力艦が二隻。駆逐艦も機関部の故障が相つぎ、いまは二隻しかいない。計四隻がZ艦隊のすべてだ。

日英の海軍力の差を考えても悲観的になる。しかも、彼らはタイ海軍の戦艦も手に入れてしまったらしい。

その戦艦が何をしているかはまったくわかっていない。日本軍の動向さえ、いい加減な情報が飛び交っている現状では、タイ海軍戦艦の消息がわからなくても仕方がないのかもしれない。

ただ、あれまでも戦力化されたら、植民地防衛はかなり難しくなるだろう。さすがにいますぐ戦場には投入されないだろうが。

フィリップス大将は、それでも自身の悲観主義を戒める。自分がそんなことでは、部下まで悲観論に襲われてしまう。

じじつ少し前にも偵察機を目撃したと騒いだ見張りがいた。

大西洋戦域でも戦ってきたその見張りはベテランであった。にもかかわらず、言うに事欠いて水偵はAr196だったなどと言う。

どうしてマレー半島沖にドイツの水上偵察機が飛んでいるのか？　そんな幻を見てしまうのも、艦内になんらかの恐怖心が蔓延《まんえん》しているからにほかならない。

それが自分から発しているとしたら、部下を非難することは筋違いだろう。

だが、それが悲観論ではないことを彼はすぐに知ることになる。

「上空に敵機！」

見張員が叫ぶ。フィリップス大将もウイングに出て、その飛行機に双眼鏡を向ける。

いつの間にか、天候は小康状態になっていた。空は明るさを取り戻しつつあり、その中に低空を飛ぶ飛行機のシルエットがある。

「レーダーは何をしている！」

やはりレーダーは気象の影響を受けて、性能が大幅に低下しているらしい。

いまの状態なら、あるいは察知できるかもしれないが、逆にいまは距離が近すぎて発見できないだろう。

それに小康状態なのは周囲数キロらしい。そこだけがスポット的に気候が落ち着いているだけで、沖合は壁のように雨や靄《もや》が立ち上っている。

そして、飛行機は照明弾を投下した。

周囲が明るく照らされる。その光は低空の偵察機も照らしていた。

「馬鹿な！」

フィリップス大将は叫んだ。

そこにはドイツのＡｒ１９６水上機の姿があった。風防の形状が違う気もしないではないが、あれはやはりドイツ軍機だ。

「同盟国から輸入したか」

フィリップス大将はタイの戦艦について、その存在は知っていたが、主砲は一六インチ半が六門程度のことしか知らなかった。

アジアに来たのが最近であるし、彼にはヨーロッパでなすべき仕事が山積していた。それに、タイ海軍戦艦の艦載機について知る必要を感じなかったのだ。

だから、そのＡｒ１９６の母艦が何かということはわからなかった。ただそれがドイツ軍機であり、おそらくは日本が輸入したものだろうという推測ができるだけだ。

それより重要なことは、自分たちが敵に発見されたということだ。しかもレーダーは役に立たない。

フィリップス大将は対空戦闘を命じようとしたが、気まぐれな天候が再び周囲の視界を奪い、敵機の姿は見えなくなる。

雨滴《うてき》に乱反射する照明弾により、周囲がおぼろに明るいだけだ。

レーダー室に確認させると、やはりレーダーは敵機の姿を捉えていなかった。正確には、画像が天候の影響を受けて乱れており、どれが敵機なのか識別できないとのことだった。

なので小康状態の時には、僚艦の巡洋戦艦レパルスの姿などは識別できたとのことだった。

「敵はどう出ると思う？」

フィリップス大将には、正直なところ判断がつきかねた。現状で判断しろというほうが無茶というものだろう。

水上機の飛行範囲とはいえ、敵艦隊の位置はわからない。

じつはこの時、フィリップス大将は戦艦ターチンとメークロンからの水偵を、小沢艦隊のものと考えていた。

数時間前に一〇キロ程度まで接近したあの艦隊が、自分たちの存在に気がついて水偵を飛ばした。状況から判断して、それがもっとも合理的な解釈だ。

ただ、それで問題が解決したわけではない。そもそも敵艦隊の編成さえフィリップス大将にはわかっていない。

水偵を飛ばすからには、重巡洋艦があるらしいことは推測がつくが、そこまでだ。

「敵は我々との戦闘を回避するのではないでしょうか」

参謀長の意見は、フィリップス大将には意外だった。

「敵が戦闘を回避するという理由は？」

「敵艦隊に戦艦がないならば、あえて戦艦プリンス・オブ・ウェールズと戦端を開くのは自殺行為では？」

それはあまりにも単純明快な意見であった。しかし、単純明快なだけに反論しがたい。

参謀長はさらに言う。

「少なくとも今夜は戦端を開くことはないはずです。この荒天では、至近距離でなければ戦えません」

「至近距離で撃ち合うのも自殺行為か」

それは、なるほどもっともな意見と、フィリップス大将も思う。

ただ、日本軍の視点ではどうなのか？　戦力で劣勢だからこそ、視界の悪い中で夜襲を仕掛けるという選択肢はないのか？

この視界の中で砲戦を挑むとなれば、じつはZ艦隊には不利になる。命中率が低くなるということは、確率の問題であるから砲数に勝るほうが命中弾の数は多い。

なるほど、巡洋艦で戦艦を仕留めるのは容易ではあるまい。しかし、戦闘力を削ぐことはできるし、一方的に砲弾を浴びれば損傷も無視できない。満身創痍で夜明けを迎え、敵艦隊が増援を呼んだりすれば、Z艦隊は壊滅しかねない。

むろん敵も相応の損傷を被るはずだが、Z艦隊がイギリス海軍の象徴であることを考えるなら、それが壊滅することは、植民地に対して憂慮すべき権威の失墜を招きかねない。

つまり、イギリスがZ艦隊を失うことは、植民地を失うことにつながるのだ。

フィリップス大将はそうしたことを考える。だが現状では、どうしようもない。

こちらに残っている駆逐艦は、すでに二隻にまで減っている。戦艦二隻に駆逐艦二隻、これで何をするというのか？

しかし、そんなことを考えている余裕はなかった。

突然、何かが光る。大音響とともに駆逐艦が燃え上がった。完全なる奇襲だ。

燃え上がる駆逐艦は周辺の雨滴に乱反射し、周囲を不思議な明るさで満たす。

「敵襲か！」

5

その戦闘は遭遇戦だった。

戦艦メークロンの見張員がイギリス海軍の駆逐艦エレクトラを発見する。

この時、戦艦の副砲には艦尾の一基にのみ配員がなされていた。

悪いことに、駆逐艦エレクトラは戦艦プリンス・オブ・ウェールズと巡洋戦艦レパルスの姿を見失っていた。

悪天候で、レーダーもない。そんな中で駆逐艦エレクトラは戦艦ターチンとメークロンを発見する。そう、発見は駆逐艦エレクトラのほうが早い。

ところが、戦艦ターチン型の主砲配置は巡洋戦艦レパルスのそれと同一、つまり連装砲塔三基六門だった。

戦艦メークロンに対して駆逐艦エレクトラは発光信号で状況を報告するが、もちろんメークロンは反応しない。

それに対して駆逐艦エレクトラも特に反応しなかったのは、天候がこの状況では読み取れないこともあり得ると考えたからだ。

だから、戦艦メークロンの探照灯が駆逐艦エレクトラを捉えた時も、駆逐艦はまったく無防備だった。互いの位置を確認するために探照灯が照射されたと考えたのだ。

駆逐艦エレクトラがそう判断したのは、彼我《ひが》の距離がすでに二〇〇〇を切っていたためだ。

駆逐艦から見て、自分たちは戦艦に横腹を晒している恰好だ。針路のズレはあまりにも大きい。

あるいは、駆逐艦が戦艦を詳細に観察できたなら、彼女の悲劇は避けられたのかもしれない。

しかし、探照灯を当てられているため、戦艦周辺の姿は見えなかった。そして、彼らは巡洋戦艦レパルスが、それで自分たちを誘導していると信じ切っていた。

そこに、戦艦メークロンの艦尾副砲の一五センチ連装砲塔が火を噴いた。

至近距離からのほとんど水平の砲撃。初弾からそれは命中する。なにしろ探照灯を照射しており、外しようがない。

さらに斉射を二回繰り返す頃には、駆逐艦エレクトラは無力化され、炎上していた。

しかし、駆逐艦はかろうじて航行能力を持っているため、すぐにその姿は明るい靄としてしか確認できなくなっていた。

ただ駆逐艦エレクトラのおかげで、戦艦ターチンとメークロン、戦艦プリンス・オブ・ウェールズと巡洋戦艦レパルスは、互いにすでに相手との距離が一万を切っていることを知った。

6

「なんだ、あの戦艦は！」

　フィリップス大将の第一声はそれだった。

　それには色々な意味が込められている。そこに突然、戦艦が現れたことの理不尽さ、そしてその正体がわからないことへの不気味さ。

　少し冷静になって、それがタイ海軍の戦艦だろうとは思いいたったが、どうして自分たちの間近にいるのか、それがわからない。

「戦闘準備だ！」

　ここで戦端を開きたいとは思わないが、敵艦が先に駆逐艦を撃破したとなれば、戦わないという選択肢はない。


「レーダーは敵影を捉えているか！」

「明確な識別は不可能です！」

　レーダー室の反応は不本意なものだったが、予想通りだった。レーダーが十分に機能していたならば、駆逐艦エレクトラが撃破されることなどなかったのだ。

　ただ戦うと決めたものの、どう戦うのか。それについては、フィリップス大将も明確な方針があるわけではない。

　そもそも遭遇戦であるし、日本軍がタイ戦艦を奪ったことは知っていたものの、それがこんなに早く、しかもこんな場所で戦力化されているとは予想もしていなかったのだ。

　しかも視界はきわめて悪い。敵艦のシルエットが見えたり見えなかったりという状況で、砲戦などできるのだろうか？

　それでも、海戦は不可避だろうとは思う。なぜなら水上偵察機も飛ばし、自分たちの存在を知っていながら、敵は回避もせずに接近して来たからだ。

　相手が海戦を望んでいる以上、自分たちだけ回避はできない。

「戦艦ターチンの情報はわかっているのか」

　尋ねてはみるが、フィリップス大将にとって答えは明快だ。ヨーロッパから渡航してきたばかりの艦隊だ。そうした情報はない。

　シンガポールの司令部には、図面を含めて詳細な情報があるはずだが、戦艦プリンス・オブ・ウエールズの艦内にはない。

「一六・五インチ砲連装砲塔三基六門に、六インチ連装砲塔が副砲として三基六門装備されています」

　参謀長が答えるが、その程度のことはむろんフィリップス大将も知っている。

「装甲……論じても無意味か」

　最初、彼が日本軍の行動で理解できなかったのは、距離一万あたりから離れようとしないことだった。

　多少の変動はあるが、おおむねそのあたりの距離を維持している。確かに戦艦プリンス・オブ・ウェールズなどを見失わないようにしようとすれば、それ以上離れるわけにはいかない。

　しかし、敵戦艦に関する彼の乏しい知識を動員して気がついた。戦艦ターチンとメークロンは、タイの国法では戦艦に分類されているが、諸外国の基準では巡洋戦艦に分類される。

巡洋戦艦とは一言でいえば、砲火力が大きくて高速ではあるものの、そのぶん装甲が薄い主力艦だ。

火力と機動力は、防御力とトレードオフの関係にある。だから遠距離砲戦を行えば、戦艦プリンス・オブ・ウェールズなどとの防御力の差が顕著になる。

だが、距離一万まで肉迫すればどうか？

戦艦の防御が重厚とはいえ、それは相対的なものだ。想定戦闘距離で、自分の火力から艦を守れるように防御は設定されている。

その想定戦闘距離とは、おおむね距離二万前後が一般的だ。もっとも、これも火力と防御の妥協の産物的な面がある。

主砲の最大射程ギリギリで戦えるなら防御は薄くてすむが、まずそんな戦い方はしないし、命中精度も下がる。

さりとて至近距離すぎれば、主砲の射程を伸ばす意味もなくなる。この場合、高初速を実現するためという解釈も可能だが、単に高初速を望むなら砲弾を軽くすればいい。

長射程とは単純に初速だけでは決まらず、砲弾の設計にも関わることなのだ。

そして、なにより至近距離が前提では、装甲がどんどん厚く、重くなる。それでは機動力は出せなくなる。

速度と火力の兼ね合いの中で戦闘距離は決まる。つまりは常識の話だ。

だが防御に劣る巡洋戦艦なら、非常識も意味を持つ。

距離一万まで接近すれば、巡洋戦艦の装甲で戦艦プリンス・オブ・ウェールズの主砲弾を防げないのと同様に、戦艦プリンス・オブ・ウェールズの装甲でも戦艦ターチンの四二センチ砲弾を防げない。

防御が無意味化すると、勝負は砲火力の差となる。ならば四二センチ砲は、三六センチ砲より有利という道理だ。

「狂っているのか、日本人は！」

フィリップス大将は心底、そう思った。

肉を切らせて骨を断つというのは、言葉としてあり得るし、軍事作戦でも語られることは珍しくない。

しかし、悪天候をついて戦艦プリンス・オブ・ウェールズに肉迫し、刺し違えるような砲戦をするなどまともじゃない。至近距離での砲戦ならばこそ、共倒れは必定ではないか。

だが、彼はあることに気がつく。

戦艦プリンス・オブ・ウェールズも巡洋戦艦レパルスも、ともにイギリス海軍の貴重な主力艦だ。それを失うのはイギリスにとって国力の損耗にほかならない。

しかし、日本海軍は違う。戦艦ターチンとメークロンが沈んだとしても、日本海軍が失うものはない。

むろん乗員の犠牲は生じるが、日本人がそこまで人命というものを重視するか？

国のために殉じるのを是とする国民なら、日本海軍はタイ戦艦を自国民の犠牲の上でイギリス戦艦と刺し違えさせることに、なんらの躊躇《ためら》いもないだろう。

なんという連中と戦争になってしまったのか！

こんな連中と戦争をするくらいなら、蘭印の石油くらいくれてやってもよかったのではないか。

だが、いまここでそんなことを言っても始まらない。現実に戦闘は行われようとしているのだ。すでに議論の段階は過ぎた。

そして、再び大音響とともに何かが爆発した。

損害報告はすぐに届く。

「駆逐艦エクスプレスが撃破されました！」

二隻しかない駆逐艦のすべてが無力化されてしまった。

レーダーが使えないため、どういう状況かはわからないが、至近距離からの砲撃だろう。おそらくエレクトラを撃破したのとは別の艦だ。

たかが駆逐艦と言うなかれ。二隻の主力艦を潜水艦などから守っているのが駆逐艦なのだ。その二隻の駆逐艦が撃破された。

これにより、Z艦隊は戦艦プリンス・オブ・ウェールズと巡洋戦艦レパルスの二隻のみになってしまった。

日本軍から自分たちを守る戦力は何もない。むろん駆逐艦二隻でできることなど知れているが、それでもゼロと二隻は全然違う。

「敵の司令官は何を考えている？」

それがわからない。

敵艦隊は巡洋艦や駆逐艦を備え、それがいま夕イ戦艦と合流した。あるいは、敵艦隊は自分たちを追跡などしていなかったのか？

たまたま自分たちは敵艦隊と強奪されたタイ戦艦の邂逅地点に接近し、哨戒機に発見された。

だとしたら、とんでもない不運ではないか。自分たちはしなくてもよい戦闘をするために、のこのこと自分から現れたことになる。

「シンガポールへ戻る！　いまここで我々は戦うべきではない！」

フィリップス大将は決断した。

第五章
マレー沖夜戦

1

戦艦ターチンと駆逐艦エクスプレスとの戦闘は、駆逐艦の発砲から始まっていた。

どうも駆逐艦エクスプレスは、視界が悪いことと僚艦が撃破されたことで、戦艦ターチンを巡洋艦と誤認したらしい。

そこで先に砲弾を浴びせ、敵が混乱した隙に雷撃することを考えた。

だが、戦艦を巡洋艦と誤認していたために距離の推定を過《あやま》ち、砲弾は錨頭もずれた状態で戦艦ターチンの艦尾上空を通過した。

戦艦ターチンの艦尾副砲は、すぐそれに反応する。玉木少佐らは、相手が駆逐艦であることがわかっていた――戦艦でなければ駆逐艦しかない――のと、至近距離を低進する砲撃で命中界を大きく取ろうとしていたため、錨頭さえ合っていれば、どこかに命中するという砲撃を行っていた。

じっさい初弾は一発だが命中し、敵駆逐艦の魚雷を暴走させた。魚雷周辺が燃えはじめ、消火作業ができないまま、空気室の膨張と燃料への引火から魚雷の機関部が爆発し、その衝撃で弾頭が誘爆する。

魚雷の弾頭の爆発は、水中爆発でこそなかったものの、駆逐艦にとっては甚大な被害をもたらした。

ほかの魚雷の誘爆が起きなかったことが不幸中の幸いだったが、火災は広範囲に広がり、さらに操舵機が故障したため、駆逐艦は炎上しながらその戦線から離脱していった。

戦うつもりの玉木少佐ではあったが、駆逐艦が排除され、敵戦艦二隻となった時点で戦いを躊躇《ちゅうちょ》する気持ちも起きていた。

戦艦が敵味方で二対二。海兵でもそんな状況設定は考えない。現実問題として、戦艦は駆逐艦などの護衛船舶を伴うものだからだ。

もちろん、Z艦隊のようなアンバランスな例もある。しかし普通は、片方がアンバランスでも相手が常識的な艦隊編成なら、戦艦が二対二というようなことは起こらない。

Z艦隊と奪取されたタイ戦艦。こんな希な艦隊が遭遇するなど、もうこれから一〇〇年は起こり得ないのではないか。

いまだって駆逐艦や飛行機抜きで海戦は語れない。戦列艦同士が単独で撃ち合うような時代じゃない。

そのおそらくは最後になるであろう戦艦同士の撃ち合いをどうするか、玉木少佐は迷っている。

現実に敵が目の前にいる状況に、彼は最後の決断を行わねばならない。覚悟を決めろということだ。それでどうするのか？

――本当に海軍少佐に過ぎない自分が、戦艦二隻の指揮を執ってよいのか？

いまさらながら、そんな疑問が襲ってくる。いまならまだ逃げられる。いや、戦闘を回避できる。いとは言え、それは逃げるということだ。

だが、それは恐れであり、やはり玉木少佐は逃げる気はなかった。

おそらく戦艦だけがさしで戦う海戦など、この戦争でも、もう二度と起こらないのではないか。ならばこの機会を逃すことは、海軍軍人の矜持《きょうじ》が許さない。海戦史に残る戦闘をどうして避けられようか？

「巡洋戦艦レパルスに攻撃目標を絞る！」

それは玉木少佐なりの合理主義だが、正直あまり意味はなかった。視界が悪く、艦の居場所はわかっても艦種の識別が困難だからだ。

戦艦プリンス・オブ・ウェールズも巡洋戦艦レパルスも砲塔は三基で、ともに前に二つ、後ろに一つ。

個々の砲塔の構造は、連装と、四連装に連装と異なるが、そこまでの識別は困難だ。

それを言えば、戦艦ターチンとメークロンも連装三基で基本構造は変わらない。

ただ、自分たちは通常なら三番砲塔の位置にも副砲が設置されているので、シルエットなら主砲塔四基に見える。そこで識別は可能だ。

「後ろの一隻に突進し、攻撃を加える！」

無線電話で彼は命じた。

玉木少佐の理屈は単純だ。旗艦が戦艦プリンス・

オブ・ウェールズであれば、それは前を航行しているはず。ならば後ろの艦が巡洋戦艦レパルスだ。

絶対的に視界が悪い中での戦闘は、巡洋戦艦レパルスのテナント艦長には非常識以外のなにものでもなかった。

戦艦プリンス・オブ・ウェールズのフィリップス大将やリーチ艦長とは異なり、テナント艦長は二隻の駆逐艦が撃破されても、なお敵艦が自分たちを攻撃するとは思えなかった。

理由は簡単で、この荒天で、しかも夜間に攻撃を仕掛けるのは無意味であるからだ。

なぜ無意味かと言えば、無意味だから無意味としか答えようがない。そんなことは常識ではないか。

なるほど駆逐艦は撃破されたが、単独の駆逐艦が主力艦に接近すれば、撃破されるのも当たり前の話だ。

つまりテナント艦長にとっては、状況が異常なだけであって、個々の出来事はすべて当たり前だ。よって、主力艦同士が夜間に視界の悪い中で戦闘を避けるのも、また合理的だった。

とは言え、フィリップス大将からの「即時反撃可能なように備えよ」という命令にはしたがっていた。

自分自身は、即時反撃可能に備える必要性は疑問であったが、軍隊が命令にしたがうというのもまた合理性だ。

それに、敵戦艦により駆逐艦二隻が撃破されたのも事実であり、命令自体が不合理とは言えないだろう。

　こうしてテナント艦長は、三基の砲塔のすべてに砲弾と装薬を装填させ、必要があれば即時反撃するように命じた。

　彼は、砲撃を個別の砲塔長の裁量に委ねた。この視界の中で統制射撃は効率的ではないとの判断だ。

　つまり海戦が起こるなら、それは至近距離での遭遇戦であり、各個に砲台が発見した敵に即時、砲弾を撃ち込むのが効果的というわけだ。

　別の表現をすれば、この状況で教科書通りの海戦など起こらないということでもある。

　このテナント艦長の判断が、巡洋戦艦レパルスだけでなく、日本部隊の運命も変えたと言っても過言ではない。

　一つの不運は、巡洋戦艦レパルスのレーダーも戦艦プリンス・オブ・ウェールズのレーダーも、荒天の中で本来の機能を果たせなかったことだ。

　そのため、レーダは彼我の正確な位置を把握できないでいた。

　Z艦隊にとっては錯誤の連続と言えた。これは駆逐艦二隻が一方的に攻撃されたこととの心理的な影響だろう。

　錯誤の発端は、戦艦プリンス・オブ・ウェールズの見張員の報告だった。

「レパルスが戦列から離れていきます！」

　レーダーが互いの位置関係を把握できない中で、戦艦プリンス・オブ・ウェールズは駆逐艦襲撃を見て、針路変更を行ったばかりだった。

　だから、リーチ艦長もフィリップス大将も巡洋戦艦レパルスが戦艦プリンス・オブ・ウェールズを見失うのはあり得ることで、見張員の報告を事実と受け取った。

じっさいテナント艦長は、この戦艦プリンス・オブ・ウェールズの針路変更から、一時的に旗艦を見失っていた。

無線電話で、リーチ艦長とテナント艦長の間で針路の調整が行われた。ところが、戦艦プリンス・オブ・ウェールズの見張員が巡洋戦艦レパルスと思ったのは、戦艦メークロンであった。

なのでリーチ艦長は、戦艦メークロンが戦艦プリンス・オブ・ウェールズに追躡する場合に適切となる指示を行った。

ところが、戦艦メークロンと巡洋戦艦レパルスの針路は六〇度近くずれていたため、巡洋戦艦レパルスは戦艦プリンス・オブ・ウェールズから急激に離れることとなった。

一方の戦艦メークロンは戦艦プリンス・オブ・ウェールズを見失っていたものの、巡洋戦艦レパルスは発見できていた。

ここで、戦艦ターチンやメークロンが互いの位置関係を把握できたのは、戦艦ターチンが撃破したばかりの駆逐艦がランドマークとして使えたためだ。

戦艦ターチンからは、自分が撃破した駆逐艦がわかる。戦艦メークロンからは、それはおぼろげな灯りであったわけだが、いままでの艦の航路などから、両者は互いの位置を割り出し、なおかつ戦艦プリンス・オブ・ウェールズの位置こそ見失ったが、巡洋戦艦レパルスの位置は把握できていた。

こうして戦艦ターチンやメークロンは巡洋戦艦を、くしくも左右から挟撃できる形で接近する一方で、戦艦プリンス・オブ・ウェールズはそれら三隻の主力艦からは、ますます離れることとなった。

この時、巡洋戦艦レパルスは本来なら戦艦プリンス・オブ・ウェールズがいるであろう方位と距離に、戦艦メークロンのシルエットを認めていた。

邂逅時間はテナント艦長が思ったよりも早かったのだが、いるべき場所にいるべきものが見えたと思い込んでいたので、巡洋戦艦レパルスは自分たちが目にしているものになんらの疑問も感じない。

対する戦艦プリンス・オブ・ウェールズも、自分たちは巡洋戦艦レパルスを確認できないものの、僚艦は自分たちを確認していると報告しているので、それを信じた。

この時点で、両者は日本艦隊から逃れられたと判断した。視界が悪いので日本艦隊が戦闘を諦めたか、自分たちを見失ったとしても不思議はない。特にテナント艦長は、そう考えた。

戦艦ターチンやメークロンは、こうして巡洋戦艦レパルスと着実に距離を縮めていった。

それでもしばらくは戦端が開かれなかったのは、三隻の主力艦が激しいスコールの中につっこみ、まったく視界が確保できない状態に陥ったためだった。

巡洋戦艦レパルスは僚艦を見失ったことを通知する。フィリップス大将は迷ったすえに、サーチライトを天に向けて照射するよう巡洋戦艦レパルスに命じた。

これが、戦艦プリンス・オブ・ウェールズがサーチライトを照射して巡洋戦艦レパルスに邂逅するように命じたのであれば、以降の話は違っただろう。

だがフィリップス大将は、戦艦プリンス・オブ・ウェールズにエスコートさせるべく、レパルスにサーチライトを照射させた。

玉木少佐にとっては、それは二つの意味で驚きだった。

一つは、巡洋戦艦レパルスが「親切にも」自分の居場所を教えてくれたこと。

もう一つは、戦艦ターチンやメークロンはすでに巡洋戦艦レパルスから距離五〇〇〇程度しか離れていなかったこと。このまま航行していたら、衝突もあり得た危険な状況だ。

そして、玉木少佐は僚艦と自分たちの砲術科に命じた。砲撃開始と。

距離五〇〇〇と言えば、ほぼ水平に撃てばいい。しかも錨頭を揃えるのは、天に向けたサーチライトを狙えばいいのだ。

すべての砲術科員を主砲塔に集め、一隻六門の四二センチ砲の二隻合計一二門で斉射を行った。

砲撃の瞬間、戦艦ターチンやメークロンの周囲では、高温高圧の衝撃波が戦艦の周囲の雨滴を弾き、艦周辺の視界は一瞬、嘘のように晴れた。

とは言え、巡洋戦艦レパルスからそれが見えるほどではない。

試射もない、いきなりの一斉砲撃であったが、サーチライトのおかげで錨頭は正確で、距離五〇〇〇の水平撃ちなら、砲弾はどこかに命中する。

この時の命中弾が何発であったのか、正確にはわからない。

砲撃を仕掛けた戦艦ターチンやメークロンからは、弾着観測はできなかった。

一方、巡洋戦艦レパルスは完全なる奇襲でなんの備えもなかったため、何発命中したのか誰にも把握できないという状況だったが、少なくとも八発、最大で一〇発が命中したと言われている。

そして、砲弾の何発かは艦橋のある司令塔を直撃し、テナント艦長ごと吹き飛ばした。

突然の砲撃と艦長喪失という状況で、一〇発近い四二センチ砲が直撃した。だが攻撃を受けたと同時に、個別の砲塔は敵艦の砲口炎だけを頼りに砲撃を行った。

それは反撃のための反撃のようなものであった。個々の砲台長の本音は報復感情半分、装薬を詰めた主砲のような危険なものを危機管理上、処分したいという理性半分であった。

じっさいのところ、砲撃はこの一回しかできなかった。

艦内はあちこちから火災が起こり、さらに左右両舷からの同時砲撃のため、すぐに砲塔を動かすための動力が失われたからだ。砲塔の旋回も俯仰《ふぎょう》もできず、そもそも砲弾や装薬の装填ができない。

艦内の浸水に対しても、指揮系統の混乱と情報の錯綜《さくそう》から、どちらに対して非常注水をすべきかがわからない。

「左舷注水！」

この命令がどこから出たのか、それは最後までわからなかった。一つだけ確かなのは、混乱の中でこの命令だけ実行されたことだ。

初弾命中の段階でサーチライトは消えたので、二回目の斉射で命中弾は一発だけだったが、実を言えば、二回目の斉射に意味はなかった。

すでに浸水している左舷への注水のため、右舷を上にして巡洋戦艦レパルスは急激に傾斜し、そして転覆した。

巡洋戦艦レパルスの転覆を戦艦プリンス・オブ・ウェールズは、すぐには気がつかなかった。

戦艦プリンス・オブ・ウェールズは僚艦が近くにいると考え、巡洋戦艦レパルスは敵艦を友軍と思っていた。

視界が悪く、レーダーも使えず、緊急電も混乱していたため、戦艦プリンス・オブ・ウェールズが状況を把握することは困難だった。

なにより彼女は僚艦と離れすぎていた。フィリップス大将が状況を知ることができたのは、引き返した戦艦プリンス・オブ・ウェールズが、いくつかの奇跡的な偶然で漂流中の巡洋戦艦レパルスの乗員を収容できたからだった。

結果的にこの夜の海戦は、Z艦隊にとって巡洋戦艦レパルスの喪失で終わってしまった。

戦艦ターチンとメークロンも、戦艦プリンス・オブ・ウェールズを追撃しようとはしなかった。むしろこの二隻は、巡洋戦艦レパルスを撃破した後、戦列を離れていた。理由は戦艦ターチンが被弾したためだった。

2

巡洋戦艦レパルスが放った六発の砲弾のうち、一発が戦艦ターチンの左舷側に命中していた。

玉木少佐は正直、反撃の可能性を考えていたものの、二隻で一隻を挟撃するような戦い方で、自分たちが被弾するとは思わなかった。

虫がいいと言えばそれまでだし、運が悪かったと言えばその通りだ。しかし、ともかく砲弾は戦艦ターチンの装甲を貫通し、艦内で爆発した。

砲弾の命中は、玉木少佐にもすぐにわかった。三八センチ砲弾の直撃による衝撃波は、間違いようがない。

しかしここで、玉木少佐が長らく中村造船所の主任であったことが、大きくプラスに作用した。

彼は操舵などを増田大尉の指揮に委ねると、自ら中央応急指揮所に飛び込んだ。その理由は、直接防御よりも間接防御を重視した藤本造船少将の設計を、もっとも理解しているのは自分であるとの自負による。

同じ造船所で複数の国籍の、さらには技量もまちまちな――造船技術の教育機関としての役割も中村造船所にはあった――工員や技術者を管理する中で、ダメージコントロールのノウハウは重要だった。

さらに複数の国が絡む造船所の運営が、事実上の日本単独になったことで問題も起きていた。

それは、サボタージュや労働争議の類なのか、それとも破壊工作なのか。そのへんの真相は不明

――と言うより、それを明確にすることのメリット・デメリットの見極めがつかなかった。さらに外務省からの横槍もあり、一介の海軍少佐ではそもそも解決がつかない問題でもあった――である。

だから玉木少佐は造船所の支配人として、軍艦式に日本人だけで応急部門を設置し、訓練を行っていた。

おかげで、溶接やリベットがらみの火の不始末なら、すぐに対処できるようになっていた。ただ、その頃から不審火が何度か起きたのも確かであった。

艦載機用の燃料タンクから燃料が漏れ、気化した燃料が爆発して火災が起きるようなことさえあった。

破壊工作が疑われる小火《ぼや》や事故はほかにもあったが、これが被害ではもっとも大きかった。なにしろ爆発が起きたのだ。

爆発は激しく、格納庫のエレベーターが吹き飛び、格納庫内は炎に包まれた。それが計算されたものなのか、たまたま偶然なのかは不明だが、本来なら格納庫にあるはずの艦載機は、外に出されており、格納庫内は空だった。

それは被害を限定的にしたかったとも解釈できるし、格納庫に飛行機がないから、侵入や工作が行いやすいとも解釈できる。

ともかく格納庫から延焼し、消火するはめになった。玉木が組織した応急班は迅速に動いたが、鎮火には意外に手間をくった。

藤本造船少将の設計で、格納庫への燃料タンクの供給ラインは途中で切断できるようになっており、そこからの延焼は起きない構造になっていた。

そして、この構造は機能した。問題は予想外のところにあった。

最終的な艤装段階では、日本から資材や材料が運ばれたが、その中には船体塗料もあった。

火災でこの塗料が燃えはじめたのだ。正直、格納庫本体よりも、この延焼のほうが鎮火に手間どった。

さらに、格納庫から周辺に延びる電路も電線が延焼して、一時は隣接区画へ延焼するかと思われた。

この騒ぎで戦艦ターチンの工事は一月近く遅れることとなったが、それよりもこれで得た経験は大きかった。

まさか、塗料や電線があんなに燃えるとは思わなかった。玉木少佐はこの件をすぐに艦政本部に報告したが、艦政本部からは調査の人間も来なかった。

どうも艦政本部内の政治問題として、「火災が拡大したのは藤本設計のせい」という空気があるらしく、調査部員を出したくても出せないらしい。

それを教えてくれたのは、当時は軍令部にいた大川中佐だった。

玉木の報告に関しては、大川から手をまわすと言われたが、艦政本部の対応を見れば、どこまで真剣に解釈してくれるか、非常に心許ないものがある。

しかし玉木少佐は、応急班のさらなる拡充と整備を行う一方、イギリス製の船舶塗料と補修分の電線を購入した。

金さえ出せば、戦艦ターチンとメークロンの建造のために、香港あたりから難燃性塗料の類は入手可能だった。

もっとも、それでも戦艦二隻を塗装するには足りないのと、日本海軍艦艇の弱点を諸外国に公開することにつながるため、難燃性塗料が塗布される場所は限られていた。電線も同様だ。

だから、玉木少佐は自分の権限で可能な対応策をとるしかなかった。

3

「隔壁閉鎖しました！」

中央応急指揮所には電話連絡が次々と入る。格納庫火災の教訓から、中央応急指揮所には戦艦ターチンの模式図があった。つまり、状況表示盤である。

報告と同時に、状況表示盤に隔壁閉鎖を示す青電球が灯る。

状況表示盤は横向きの図と上から見た図の二つで、それらはいくつかの区画に分かれ、各区画には赤電球と青電球が用意されていた。

浸水関係は青電球が灯り、火災が起こると赤電球が灯る。これは艦の電源とは独立しており——バッテリーだ——電源途絶があっても、状況表示盤の電球は灯り続けた。点灯は報告を受けてから手動で行う。

これは玉木が中村造船所支配人として、日本にいる藤本造船官と相談して設置したものである。図面は藤本さんが引いてくれたが、基本設計を担当した人だけに、あつらえたようにうまく機能した。

すべて独立させて動いているのは危機管理上の意味合いもあるが、それ以上に大きいのは、これを艦の艤装とすると設計変更という問題が生じるからだ。

本質的にタイ政府の所有物であり、消火作業云々は中村造船所の責務ではあるが、電線の引き回しひとつとっても、図面と違う工事を施工するには、しかるべき手続きが必要だった。

厳密には、状況表示盤も戦艦の艤装品には含まれていないが、外から持ち込んだ機材であることと、竣工・引き渡しまでの工事の安全のための機材として持ち込みが認められていた。

本来なら撤去されるべきものだったが、タイ政府は撤去を要求せず、玉木支配人も自ら撤去しなかったので、いまも残っている。

この状況で、状況表示盤が残っていたのは幸運だった。

「砲弾の命中は一箇所で、火災は横方向に広がっているわけか」

「中甲板が命中箇所です」

左舷中央の中甲板部分周辺に赤ランプが点灯していたが、ほかにランプはなく、とりあえず火災は限局されているらしい。

そこは非装甲エリアであったが、細かい倉庫や作業空間として細分化され、鉄パイプなども配置されて砲弾の衝撃を可能な限り吸収するような構造となっていた。

至近距離からの砲撃であったため、砲弾は真横から直撃する形になった。ただ、命中箇所周辺は面積としては大規模に破壊されたが、砲弾の威力の多くが、その細密区画の破壊に吸収された。

「スプリンターの被害は、ほぼありません。砲弾の二次被害は軽微です」

状況報告の多くは電話でなされていた。それもすぐに状況表示盤に書き込まれる。

玉木少佐は、状況報告が電話でなされる時点で戦艦ターチンが救われたと思った。電話が通じる間は、電気系統も生きているからだ。

同時に玉木少佐は、当初はよくわからなかった藤本設計を見直していた。

藤本造船少将は戦艦ターチンとメークロンの設計に対して、平賀譲とは対照的に溶接を多用していた。このへんは建造においてイギリスなど海外の進んだ溶接技術が活用できたことも大きい。

後に海軍艦政本部の実験でも確かめられたことだが、リベット止めの船室は砲弾の直撃を受けると、リベットが衝撃波により四散し、二次被害の拡大が報告されていた。

一方、溶接構造では砲弾の被害は砲弾のみによるので、スプリンターによる二次的被害は非常に軽微だった。

そのことが、巡洋戦艦レパルスの三八センチ砲弾の直撃を受けた戦艦ターチンで確かめられたことになる。

玉木としては直撃を受けた時、もっと悲惨な状況も想像していた。直接防御が薄いため、装甲を貫通した砲弾が火薬庫で爆発するような最悪の事態である。

戦艦ビスマルクにより巡洋戦艦フッドが轟沈したようなことが起こることだって考えられたのだ。

しかし、戦艦としては装甲防御の薄い戦艦ターチンは三八センチ砲弾に堪《た》えていた。

火災も隔壁閉鎖と消火装置により、着実に鎮火に向かっていた。

それは玉木少佐の工夫だった。消火設備に関しては、タイにいることを利用して海外の情報を集めてはいたが、状況表示盤と同様に勝手な設備の増設はできない。

それこそ艦全体の話になるし、予算のことを考えないとしても、全体となれば一〇〇トン、二〇〇トンという重量増加は避けられない。

そこで次善の策として、玉木少佐は既存の消火設備に手を加えることをした。

それは単純な方法で、消火ホースのノズルを改良して石鹸剤との組み合わせの発泡により、火災箇所の消火にあたるというものだ。

そうは言っても、準備する石鹸剤もトン単位になったが、ドラム缶で用意するだけなので艦の改造は不要で、艦内に分散した応急指揮所に備蓄すればいい。

火炎が泡により空気から遮断されることで早期に鎮火できるので、石鹸剤そのものはそれほど必要ないとの計算だ。

ただ石鹸剤は海外から輸入した。理由は単純で、国産には消火目的の石鹸剤などないからだ。

日本の会社に組成を告げれば、海外と同様の製品の製造も可能だろうが、戦艦ターチンとメークロンの二隻分だけを製造させれば、コストはとてつもなく高くなる。輸出入関税も発生する。

ならば、海外から適当な製品を安く輸入するほうが合理的だ。

このへんも大川経由で艦政本部に報告しているが、やはり何の反応もなかった。兵科将校から応急技術を学ぶのは、帝大出の海軍造船官のプライドが許さないのかもしれない。

その間に死傷者の報告もあがってきた。定数を大幅に割り込んでの航行のため、死傷者数も砲弾の直撃ながら死者二名、重軽傷者二三名にとどまった。

乗員の配置と当たりどころが悪ければ、死傷者数は桁一つ違っていた可能性さえある。

ただ、発泡消火は実際に行うと、演習のようにはいかなかった。死傷者の救助という問題があり、下手なやり方をすると負傷者を窒息させかねない。

そのため消火班や救護班に水を浴びせて、火災の熱から守りながら、収容が完了したエリアを泡で埋めていかねばならなかった。

手間はかかったが、それだけのことはあった。応急にあたっている将兵には死傷者は出なかった。

およそ三時間後には火災は鎮火したが、損傷箇所は隔壁閉鎖したものの、本格的な修理のためには帰国するしかなかった。

驚いたことに、戦艦メークロンも三八センチ砲弾の損傷を受けていた。

しかも驚くべき偶然だが、砲弾が首の皮一枚で、カタパルトだけを見事に吹き飛ばしていったのである。

少し角度がずれていたら格納庫に命中していた

可能性があった。

こうして二隻の戦艦は損傷し、巡洋戦艦レパルスの撃沈を報告後、数時間後に小沢司令長官の命令により帰国することとなる。

4

小沢司令長官にとってはすべてが衝撃であり、怒るべきか喜ぶべきか、呆れるべきなのかさえわからなかった。

まず、戦艦ターチンとメークロンの玉木少佐からの報告が、発信時間から数時間遅れていたばかりでなく、届いた報告が団子状態だった。

つまり、玉木少佐らの部隊はZ艦隊を発見し、追尾し、攻撃して巡洋戦艦レパルスを撃沈し、自身も損傷を負ったというのだ。それらの報告が一度に来た。

交戦に関しては、命令していないが禁じてもおらず、そもそも遭遇戦だから戦闘を禁じることもできない。小沢司令長官としては不本意ではあるが、遭遇戦なら仕方がない。

そして、玉木少佐らは戦艦プリンス・オブ・ウエールズを見失ったものの、巡洋戦艦レパルスと駆逐艦二隻を撃破した。

したがってZ艦隊は現在、戦艦プリンス・オブ・ウェールズ一隻で航行していることになる。これにまさる撃破のチャンスはない。

全体状況は日本軍優位に進んでいる。

凡庸な将官であれば、巡洋戦艦レパルスの撃沈を無条件で喜んで終わりだっただろう。しかし、小沢司令長官は違っていた。

なるほど、巡洋戦艦レパルスの撃沈は僥倖《ぎょうこう》であるだろう。強奪したタイ戦艦については、戦力の計算外であったのだから。

だが小沢司令長官は、むしろこの事実に背筋の凍る思いを感じていた。

それは自分たちの部隊で、あまりにも意思の疎通が円滑に行われていないことに対する恐怖のような感覚だ。

悪天候という条件は考慮されるべきかもしれない。しかし、それにしても重要情報の伝達が遅すぎる。

Z艦隊を発見した伊号潜水艦の報告は遅れ、シンガポールでの航空偵察は稚拙であり、航空隊とは同士討ちを演じかけた。

すべてが「情報」の二文字に集約される問題だが、それこそ軍事ではなによりも重要な要素ではないのか？

そうした問題が積み残されている中での、この強奪戦艦の快挙だ。

ただ問題は彼らの意思決定に関して、艦隊司令長官であり、直接指示すべき自分が何も指示らしい指示も命令も出せず、あまつさえすべてを知ったのは爾後《じご》なのだ。

それを冷静に考えるなら、巡洋戦艦レパルスが撃沈されたとしても、決して手放しで喜べるようなものではない。

なにより友軍が敵軍と接触しながら、そのことをまったく知らなかったのだ。これだけでも一つ間違えるなら、マレー作戦全般に影響しかねない重大事だ。

じっさい、自分たちには戦艦プリンス・オブ・ウェールズが、いまどこにいるのかわからない。シンガポールに向かっているだろうという推測ができるだけだ。

つまり現状は、自分たちに追い風が吹いているとはいえ、それは半分以上が幸運によるもので、指揮命令系統や情報収集、分析能力が高いわけではなく、それらはむしろ欠陥を抱えている。

単純に、自分たちは幸運に恵まれただけなのだ。敵に幸運の女神が微笑んでいたなら、通信の不如意という一点だけで、Z艦隊は自分たちを各個撃破していたかもしれない。

小沢司令長官は、こうして自分たちの軍隊組織が抱える問題点について深く心に刻んだ。ともかくこの作戦が一段落したら、早急に対応せねばなるまい。

とりあえず戦艦ターチンとメークロンには、本国に戻るよう命じた小沢司令長官に残されたのは、戦艦プリンス・オブ・ウェールズの捜索と撃沈であった。

天候は回復基調にあり、まず敵艦隊の捜索が優先される。

すでに一二月一〇日の朝が来ようとしている。小沢司令長官は、戦艦プリンス・オブ・ウェールズがシンガポールに向かうという前提で、陸攻隊による広範囲の索敵を実施させた。

5

「レパルスは沈められたか……」

　フィリップス大将は、漂流中の友軍将兵を救助した時点で、その報告がなされることは予想していた。

　巡洋戦艦レパルスは、攻撃されたとの短い通信を送って来ると、それ以降の通信は一切なくなった。

　誰にどのような攻撃を受けたのか、まったくわからなかった。こちらからの呼びかけにも反応しなかったが、フィリップス大将はそもそも呼びかけを、すぐにとめさせた。

　敵艦が、それも巡洋戦艦レパルスを無力化させるほどの相手であれば、不用意に電波を送信するのは危険だ。

　敵はこちらを攻撃できたが、こちらは敵の居場所も正体もわからない。レーダーに確認させるも、相変わらず性能は出ない。

　それでも海上に複数の反応があり、フィリップス大将はそれに向かって行く。大型軍艦ではなく、ほとんど動いていないという報告のためだ。

　そして彼らは、巡洋戦艦レパルスの数少ない生存者を発見した。カッターやボートで一〇〇人足らずが脱出に成功していた。

「何があったのだ？」

　救助された将兵の中で最先任は、航海科の少尉だった。

　見張りの増員に駆り出されたらしい。それで甲板にいたことが、結果として彼を救った。

「私は後部の檣楼《しょうろう》で右舷側を担当していました。そこで突然、何かが光って、気がついたら海に投げ出されていました。投げ出された時、大音響を耳にしたような気がします」

「投げ出されたのは、砲撃の衝撃か？」

「そうだと思います……すいません、私は」

「君が謝る必要はない。君はすでに十分に本分を尽くしている。疲れているだろう、休みたまえ」

彼は部下に目線で、その少尉を休ませるよう指示を出す。

「日本海軍はこんなに狂信的な海軍だったのか」

「何がですか、司令長官」

「そうじゃないか、艦長。いまの話を聞いただろう」

「はぁ……」

「何か光ったというのは、砲撃をかけてきたのがその時だ。そして砲弾が命中し、衝撃で海に投げ出され、やっと砲声が届いた。

光を見て砲声を耳にするまで、せいぜい十数秒、一〇秒以下だったかもしれん。つまり敵艦は五、六マイル先から砲撃を仕掛けてきたことになる。

信じられるかね？　戦艦の砲戦で、そんな近距離から撃ってくる奴がいるなどということが」

常識人であるフィリップス大将には、巡洋戦艦レパルスの撃沈もさることながら、そんな方法で撃沈されたことのほうが衝撃だった。

夜襲や荒天での戦闘は命中率も悪く、事故も起こりやすい。そのためによほどの事情か、よほどの準備をしてからでなければ、そうそう行われるものではない。

それにしたところで、荒天の夜間には攻撃を仕掛けることなど、まずない。まして石を投げれば届きそうな近距離での海戦など。

それを日本海軍は実行した。なぜ彼らはそんな非常識なことをする？

「まさか日本のレーダーは我々よりも高性能だとでも言うのか」

それは、フィリップス大将には受け入れがたい仮説であった。しかし、現実に巡洋戦艦レパルスが、一方的な砲撃で撃沈させられたのも事実だ。

レーダー技術で世界最先端を自負するイギリスよりも、日本海軍のレーダーのほうが高性能とは思えない。思えないが、事実はその可能性を示している。

しかしフィリップス大将は、そんなことには拘《こう》泥《でい》しないことにする。ともかく敵は自分たちを発見できる手段を持つのだ。

彼は、自分がサーチライトを点灯させたことを、すっかり失念していた。それだけ彼は動揺していた。

正確に言えば、彼は巡洋戦艦レパルスがどこで撃沈されたかがわかっていない。自分たちの現在位置も正確にはわからないからだ。

そして彼は、巡洋戦艦レパルスが日本軍の艦艇を戦艦プリンス・オブ・ウェールズと誤認していたことも、自分たちも敵艦艇を友軍と誤認していたことを知らなかった。あるいは認識していなかった。

だからサーチライトが確認できなかった時も、

単に視界が悪いためと思い、自分が僚艦とかけ離れた位置にいるとは思わなかったのだ。

じつは、そのサーチライトの指示が致命的だったのだが、その意識は彼にはない。

また、乗員が脱出するまで巡洋戦艦レパルスは航行を続けていたため、その段階では戦艦プリンス・オブ・ウェールズとの距離は比較的接近していた。

いずれにせよフィリップス大将は、帰還を急ぐことにした。なんらかの方法で自分たちを探知できる敵がいるなら、離れるに越したことはない。

「艦長、セイロンまでの航行は可能か」

フィリップス大将の言葉にリーチ艦長は驚いたが、意図は理解できた。それに同意するかどうはともかく。

「適当な海域で燃料補給が順当と考えますが、航行は可能です」

「それならシンガポールではなく、コロンボに向かう」

フィリップス大将の言葉に、周囲の人間たちは動揺を隠せない。それは事実上、シンガポール防衛を放棄すると言っているに等しいからだ。

「シンガポールは……」

「守るさ、艦長。もちろんだ」

フィリップス大将がシンガポールを放棄する意図がないことに一同は安堵したものの、コロンボに向かうという意図はわからなかった。

それを察したのか、フィリップス大将は言う。

「現時点で戦艦プリンス・オブ・ウェールズ一隻がシンガポールに戻ったところで、日本軍に沈められるだけだ。

シンガポールに何がある？　旧式の軽巡に故障した駆逐艦。いかに戦艦プリンス・オブ・ウェールズが世界最強でも、この状況ではやられるだけだ」

「だからコロンボへ？」

「コロンボで艦隊を新編し、日本海軍に向かう」

「しかし、シンガポールに力の空白が生じるのでは？」

「そうはなるまい」

フィリップス大将は、それに関しては自信があった。

「戦艦プリンス・オブ・ウェールズがシンガポールに戻らず、コロンボに向かえばどうなる？

日本海軍とて、コロンボで再編された艦隊が来航することくらいわかるだろう。だとすれば、彼らは苦境に立たされる。

陸軍によりシンガポールが持ちこたえられている必要はあるが、敵は我々が来航することに備えねばならぬ。しかし、敵は米太平洋艦隊の来航にも備えることになる」

「ですが、米太平洋艦隊は壊滅したのでは？」

「そういう情報が流れているだけだ。私も最初は信じたが、いまは違う。こうした重要な情報は、裏をとらねばならないのではないかね」

「それはそうですが、主力艦が大打撃を受けたのは事実のようです」

「米海軍には大西洋艦隊もある。主力艦が撃破されても、空母も巡洋艦もあるだろう。

重要なのは、米太平洋艦隊が動くかどうかではない。それなりの戦力を持っており、日本に対してゲリラ戦なりなんなりを行える能力を有していることだ。

西で我々が来航し、東でアメリカが動く兆しを見せるなら、日本海軍は兵力分散を余儀なくされる。アメリカが我々に呼応してくれるなら、日本艦隊の身動きを取れなくすることは可能だ。違うかね、参謀長?」

「可能でしょうか」

「噂が本当なら、日本海軍は誰にも知られずにハワイまで奇襲攻撃をかけた。ならば、ハワイの残存艦隊が日本海軍の裏をかき、本土攻撃を実行することは可能ではないか?」

確信があったわけではない。しかし、自分でそんなことを口にすると、フィリップス大将もそれが可能な気がしてくるのだ。

「そう、試合はまだ終わっちゃいない」

6

一二月一〇日の朝は、天気晴朗とは必ずしも言いがたかったが、仏印の陸攻隊は十分活動可能であった。

戦艦ターチンとメークロンの働きは、小沢長官のマレー艦隊も把握していたが、それでも事実関係を知った時間が遅いことと視界の悪化で、「どこで」巡洋戦艦レパルスが撃沈されたのかが不明確であった。

じっさい、そのために巡洋戦艦レパルスが本当に撃沈されたのかを疑う人間もいた。この点は通信傍受などで裏付けられはしたが、その情報自体もあまり円滑には流れなかった。

通信系統の不備の問題、これは小沢司令長官が痛感したことであったが、昨日の今日では改善されなかった。

そうした中、最初に動いたのは伊号第五八潜水艦であった。

「あれは戦艦プリンス・オブ・ウェールズでは！」

伊号第五八潜水艦はいまとなってはやや旧式の海大型だが、まだ現役で任務についていた。ただ艦齢も古いため、安全潜航深度は二〇メートルほど浅くなっていた。

とは言え、哨戒任務には使えたし、日本海軍もこの大型潜水艦を遊ばせる余裕はない。

その時の哨戒直は航海長が執っていた。ただ、彼らが把握している状況は曖昧だった。

「敵艦隊のうち、巡洋戦艦レパルスは友軍により撃沈された可能性大」

友軍とはどこの誰で、どこでどのように攻撃して敵艦を撃沈したのか、さっぱりわからない。ただ小沢司令長官からは、戦艦プリンス・オブ・ウェールズを重点的に捜索するように命令が出されていただけだ。

北村潜水艦長はすぐに司令塔にのぼり、朝靄の中で航行する大型軍艦の姿を双眼望遠鏡の中に捉えた。

「間違いないな」

双眼望遠鏡の目盛りから対象物の高さが計測できた。高さがわかれば、全長の推測がつく。

そして、視界の中で計測される敵艦の長さと、戦艦プリンス・オブ・ウェールズの全長の差分から、敵艦が自分たちに対して示している角度が割り出せる。

あとは自分たちの針路と合成すれば、戦艦プリンス・オブ・ウェールズが向かっている針路が割り出せる。

「敵艦はシンガポールに向かっているな」

北村潜水艦長はそう判断した。

じっさいは違っているわけだが、コロンボに向かうにはシンガポールを通過しなければならない以上、そういう判断となる。

北村潜水艦長は、急ぎこの報告を司令部に報告するとともに、自身は雷撃のため戦艦プリンス・オブ・ウェールズに接近する。

信じがたいことに、戦艦プリンス・オブ・ウェールズの周辺には何もいない。戦艦は単独で行動していた。

伊号第五八潜水艦は最大速力の二〇ノットで接近する。ところが、そこで戦艦プリンス・オブ・ウェールズが速力をあげる。

「気がつかれたか!?」

距離や気象から考えて、潜水艦の司令塔などが戦艦から発見されるようなことは考えにくかった。だが、戦艦プリンス・オブ・ウェールズは明らかに増速していた。やはり発見されたのだ。

伊号第五八潜水艦の最大速力は二〇ノット、しかし、戦艦プリンス・オブ・ウェールズは二五ノット程度を出しているらしい。

そして、自分たちが発見されたと彼らが確信できたのは、周辺に水柱があがったからだ。

それは主砲ではなく、明らかに副砲によるものであった。

砲弾は命中せず、夾叉弾《きょうさ》ですらない。しかし錨頭こそ甘いものの、距離は信じられないほど正確だった。

あと少しずれていたら砲弾は夾叉弾となり、伊号第五八潜水艦は致命的な損傷を負っていただろう。

北村潜水艦長は、不本意ながら速力を落とした。追いつけないのは明らかで、追いつけないなら攻撃はできない。

腹いせに雷撃を仕掛けるほど、彼も子供ではない。追躡もできない状況なら諦めるしかない。

それでも北村潜水艦長は、可能な限り戦艦プリンス・オブ・ウェールズを追尾した。距離は引き離されて行くが、そのせいもあってか砲撃はもはやなされなかった。

そして、ついに伊号第五八潜水艦は、戦艦プリンス・オブ・ウェールズを見失った。

7

天候の回復に伴いレーダーが機能を取り戻した。

それを喜んでいたのもつかの間、フィリップス大将は、レーダーに何か反応があることを告げられる。

肉眼では確認できないが、レーダーには反応があると言う。

「一五ノットは出してますから、船舶に間違いはありません。可能性としては潜水艦が考えられます」

「潜水艦か」

フィリップス大将としても、それは十分に納得できる可能性だった。

そして、潜水艦は接近してくると言う。その動きからして、自分たちを攻撃しようとしているらしい。

「艦長、何か手はないか」

「副砲で追い払ってはいかがでしょう？」

駆逐艦がいれば、潜水艦などそれに任せればいい話だ。浮上した潜水艦など、どれほどのことがあろう。

しかし、その駆逐艦がここにはない。

戦艦プリンス・オブ・ウェールズの兵装で使えるとすれば火砲であるが、砲身命数のことなどを考えるなら、主砲をこんなところで無駄に使いたくはない。

そうなれば副砲となる。レーダーの諸元を頼りに砲撃する。

命中は最初から期待していないが、至近距離に落下することで追い払うことはできるだろう。

しかし、潜水艦は逃げもせずに接近してくる。

なので、リーチ艦長は戦艦プリンス・オブ・ウェールズの速力を上げることで対応した。

速力を上げ、しつこい潜水艦から逃げ切った。

こうして逃げ切ることはできたが、フィリップス大将もリーチ艦長も、それで安堵することはなかった。

「発見されてしまったか」

日本海軍の航空隊が早晩、現れる。

日本軍機など恐れるに足らずというのは、ある部分では正しいだろう。しかし、数が違う。

イギリス空軍は戦艦プリンス・オブ・ウェールズの支援はできない。制空権は日本にある。

ただ、潜水艦に発見されて数時間が経過するが、いまだに何も飛んでこない。

「逃げ切れるかもしれん」

フィリップス大将はそのことに希望をつなぐ。それ以外のことに希望をつなげないから。

8

組織的な問題が一日や二日で改善するわけはないのであるが、伊号第五八潜水艦の報告も、近藤中将や小沢中将のもとに届くまでに二時間以上の時間を要した。

小沢司令長官も、すでに怒るとか呆れるという境地は過ぎて、諦観の域に達していた。

ただ、この伊号潜水艦からの報告の遅れは確かに致命的だった。

なぜなら、仏印の陸攻隊がすでに索敵を行っており、そろそろ帰還しなければならない時間であったためだ。

じっさい航空隊はほとんどが帰路についており、戦艦プリンス・オブ・ウェールズの攻撃に迎えるようになるまでには、さらに時間が必要と思われた。

索敵機の発見が一一〇〇頃、最初の攻撃開始は一二四五頃であった。

最初の攻撃隊は、九六式陸攻八機の乙空襲隊であった。それらはすべて二五〇キロ爆弾装備であり、遠距離飛行を想定して爆弾搭載数は二五〇キロ爆弾が二発であった。

そのため、水平爆撃で投下された爆弾一六発のうち命中したのは一発で、装甲区画に命中したこともあり、小規模な火災を起こしただけで戦艦プリンス・オブ・ウェールズの運行にはかすり傷程度の影響にとどまった。

この時の命中率の低さは、風の影響と戦艦の対空火器の密度にあった。その激しさは、戦艦は航空機では沈められないという話を証明すると思わせるほどのものだった。

一三〇五になり、雷装している甲攻撃隊が到着する。攻撃隊は八機、それらは左右両舷から挟撃するように雷撃を実行した。

この時、一機が対空火器により被弾して自爆する。だが、ほかの雷撃機は雷撃を成功させ、二本が戦艦プリンス・オブ・ウェールズに命中した。

不沈艦と謳《うた》われた戦艦プリンス・オブ・ウェールズは、本来であれば、二本の魚雷くらいでは沈没しないように設計されていた。

あえて四連装砲塔二基という設計を採用したのも、砲塔数と火砲搭載数の観点から、装甲防御を考えてのことだ。

ところが、この時は違った。艦尾部に命中した魚雷がそれだ。

この魚雷により操舵機構が損傷を受けたのも大きいが、それ以上に推進機の回転軸が変形してしまったことが、戦艦プリンス・オブ・ウェールズの運命を変えた。

回転軸が曲がってしまったなか、戦艦プリンス・オブ・ウェールズは最大速力で移動していた。それは、レーダーが日本軍機の接近を捉えていたからだ。

しかし、歪《ゆが》んだ棒を高速回転させれば、軸を受ける部分に巨大な力がかかる。そして、回転軸を通していた隔壁部分のシャフトは破壊され、隔壁を打ち破り、船体の最下層から大量の浸水を引き起こす結果となった。

さすがの無敵戦艦も、砲弾や魚雷の被害は想定していたものの、回転軸の歪みまでは想定していなかった。

魚雷を受けた左舷側は隔壁閉鎖もできないまま、大量の浸水により左舷二軸を動かしていた機械室と罐室が浸水し、停止してしまう。

それだけでも深刻だが、さらに左右両舷で八基あったディーゼルエンジンやタービン機関の発電機は、五基が停止してしまう。

これによる発電能力の急激な低下が、ある意味では戦艦プリンス・オブ・ウェールズの致命傷となる。

まず注排水ポンプが使用不能となり、艦の傾斜は一〇度を超えてしまった。さらに電話や通風装置も止まってしまい、それらはダメージコントロールに甚大な被害となった。

とどめは四基の副砲や対空火器群で、電力不足からそれらは動かせなくなってしまう。

戦艦プリンス・オブ・ウェールズは左舷側に傾

斜した状態で、速力も一五ノット以下に低下していた。

傾斜した状態では、よしんば副砲や高角砲が動かせたとしても対空戦闘など不可能だった。

このようななかで一三五〇に、最新の一式陸攻を装備した丁攻撃隊が現れた。

これらは雷撃隊であった。新鋭機の九機が左右両舷より雷撃を行う。

すでに戦艦プリンス・オブ・ウェールズには対空戦闘能力はなく、陸攻隊は文字通り肉迫して雷撃を実行した。

この時の丁攻撃隊の航空魚雷は、甲攻撃隊のそれよりも改良された九一式航空魚雷改二であり、炸薬量も多い。

九発の航空魚雷の、じつに八発が命中する。

この攻撃で戦艦プリンス・オブ・ウェールズは雷撃後、五分で転覆し、艦尾から急激に浸水していった。

雷撃から一〇分後には、戦艦プリンス・オブ・ウェールズは海面に垂直になってその姿を晒し、そしてそのまま海中に没していった。

この一連の戦闘で奇跡的に脱出できた乗員は三〇人ほどで、そのうちの二人は巡洋戦艦レパルスの乗員だった。

彼らは二四時間の間に二度も乗艦していた戦艦が沈められたことになる。

ちなみにこの二人は、たまたま同姓同名のヒュー・ウイリアムズという、比較的ありふれた名前であった。

こういう事態は、確率的にはそれほど低いわけではないのだが、その後も撃沈されたイギリス軍艦に、やはり同姓同名の乗員がいた。

そのことは、Z艦隊壊滅がイギリスに与えた衝撃の大きさから「軍艦を沈める不吉な名前」として、イギリス海軍では忌み嫌われる名前となるのであった。

第六章　戦艦丹後

1

日本とタイの外交交渉により、タイは参戦しないが枢軸国側となり、戦艦ターチンとメークロンは大東亜共栄圏内での特別の経済的地位と国内産業振興支援を条件に、日本政府に売却されることとなった。

実際には、中村造船所その他に関する日本からの円借款を戦艦二隻で相殺し、残債は鉱山開発などの形で清算するという形になった。

タイ国政府としても太平洋戦争という大状況の中で、運用コストのかかる戦艦を維持する必要性が薄れたことは大きかった。

なまじ自国で運用しようとすれば、乗員不足その他の問題が噴出する。

結局、普通の海軍国的な戦艦運用ができる状況にないのなら、それが可能な日本に売却し、外交的な貸しを作っておくことが国益にかなう。そうした計算も、この件には働いていた。

これがらみで、二等駆逐艦などがタイに貸与され、本格的なタイ海軍軍人の人材育成も図られていた。

タイ海軍が人材も含めたしかるべき規模の戦力となって南シナ海の安全を確保できるなら、タイにとっても日本にとっても好都合だ。

これに伴い中村造船所は、戦艦などの建造は行わず、イギリスのコルベットに相当するような二等駆逐艦の量産に着手していた。

日本海軍によって養成されたタイ海軍の軍人は、これらのコルベットに乗艦して南シナ海方面の安全確保にあたるという流れだ。

タイ海軍も海軍力の整備ができるし、日本海軍は重要なシーレーン防衛の一部をタイ海軍に担わせることで、自分たちの負担軽減につながる。

こうして中村造船所から強奪した戦艦ターチンとメークロンの国家間の貸し借りは決着した。

そして二隻の戦艦は、無事に日本海軍籍に編入される。戦艦ターチンは戦艦丹後に、戦艦メークロンは戦艦相模と改称された。

戦艦丹後は佐世保鎮守府の管轄だが、佐世保海軍工廠ではなく、長崎三菱造船所が母港であり、戦艦相模も呉鎮守府管轄ではあるが、母港は神戸川崎造船所であった。

タイへの輸出前の工事をこれらの造船所で行ったのが一番の理由だが、友鶴転覆や第四艦隊事件にかかわる藤本造船少将の処遇に関する件、つまりは艦政本部内の政治により、あえて海軍工廠から外されたことも影響していた。

それでも正式に海軍の軍艦籍に編入されたことは、戦艦丹後と相模にとっては好都合だった。

それにより兵站《へいたん》補給の体制が明確化され、主計関係の問題も整理された。なにより海兵団などから人員が補充され、部署と戦闘序列も明確になり、定員も満たされたことは大きかった。

そうした中でもっとも重要なのは、言うまでもなく戦闘幹部であった。


大川大佐にとって戦艦丹後との関わりは、戦艦ターチンの頃、より正確には基本設計番号A130の頃からだった。つまり、計画段階からのつき合いとなる。

思えば、あの頃、自分は赤レンガの人間とはいえ、まだ一介の大尉に過ぎなかった。軍艦でいえば、やっとこ分隊長レベルだ。

それがいま、艦長としてこの艦に赴任しようとしていた。

「まさか、こういう再会をするとは思わなかったな」

造船所の中、油まみれの作業服を着て大川艦長を迎えたのは玉木中佐であった。あのマレー沖夜戦で、初陣にもかかわらず巡洋戦艦レパルスを撃破した功労者だ。

「そうか？　自分は海兵の時から君に働いてもらうつもりだったぞ」

「はいはい、出世の早い人は違うね」

大川は大佐に昇進と同時に、戦艦丹後の艦長を命じられた。日本海軍にあって日本海軍にあらざる戦艦の艦長には、なるほど深く関わった自分が相応《ふさわ》しいと思う。

そしてまた、艦の応急、つまりダメージコントロール担当の運用長である玉木も中佐に昇進と同時に、この職についた。

玉木の心情の複雑さは、大川艦長には推測できた。海兵を出て、それなりに上のほうのハンモックナンバーなのに、中村造船所の支配人として派遣され、開戦時には戦艦二隻の確保に成功する。

それだけの手柄を立てながら、彼は戦艦の運用長だ。確かに玉木は中佐に昇進する。年限からすれば決しておかしくはないが、戦果が評価されての昇進なのも間違いない。

しかし運用長というのは、大川自身も意外に思った。艦隊での勤務経験に乏しい玉木が、駆逐艦か何かの長をいきなり務めるというのも確かに無理があるかもしれない。

それでも、赤レンガや鎮守府のしかるべきポジションというのはあるだろう。彼の経歴からすれば、首席部員くらいが穏当なところだ。

だが、彼は軍艦勤務を命じられる。中佐ともなれば戦闘幹部で、部門の長である。長ではあるが、玉木のような経歴なら、そこに運用科という話はまずない。

機関科や軍医科、主計科はともかくとして、砲術科なり航海科なりの長となってもおかしくない。にもかかわらず、玉木がついた職は運用科であった。それはいささか異例の人事だ。

もちろん、人事としての運用科に対する評価と、部門としての運用科に対する評価はまた違う。

はっきり言って、運用科は出世コースではない。大川艦長も、玉木が戦艦ターチンとメークロンでZ艦隊と勝手な戦闘を行ったことが、中央で問題になっているなどという噂も耳にしている。

むろん噂は噂に過ぎないわけだし、小沢司令長官などはそれに対して、「問題とすべきは玉木少佐の行動ではなく、艦隊相互の円滑な意思の疎通ができていない現実にこそある」と、間接的ながら玉木をかばっていたとの話も聞いている。

そうは言っても、海兵を出て運用科を目指す人間など、まずいないだろう。

「あぁ、そのことか。いや、人事局から希望を尋ねられた時に自分から頼んだのだ。いまの職に」

大川は後日、酒席を設け、戦艦丹後の主な幹部を集めた。

通常、こうした席で運用長が関心を惹《ひ》くことはまずない。だが、この時ばかりは「巡洋戦艦レパルスを撃沈した男」は注目され、艦長の隣席についても異議を唱えるものはいなかった。

むしろ大川よりも玉木の話を聞きたがっているような空気さえあった。大川としては苦笑するよりないが、気持ちはわかる。自分だってそうなのだから。

そして玉木は、運用長になった経緯を幹部の一人から尋ねられた。はっきり言って、ぶしつけな質問である。

ぶしつけな質問ではあるが、海軍軍人として立身出世も考えている人間たちからすれば、無視できない疑問であるのも事実であった。

それに対して玉木は、自分から望んで運用長になったと告げたのだ。

「海軍省人事局が希望を聞くとは異例じゃないか」

大川大佐が言うように、基本的に海軍将校の人事は海軍省人事局が行い、よほどのことがない限り本人の意向を確認することはない。

ただ玉木中佐の場合、例外的なのは間違いない。まず海軍将校ながら、身分を隠してタイの中村造船所の支配人として勤続していた。

海軍官衙での勤務実績はないが、国のために働いてきたことは間違いない。さらに戦艦を奪取し、敵の手に渡らないようにするだけでなく、敵主力艦も沈めている。

とは言え、外交問題も絡むため、心情的には玉木を称賛したいがタイ国政府の手前、無闇に褒《ほ》められない事情もある。

タイ国政府から見れば、自国の国有財産を、敵国でもないのに友好国から奪われたのであるから。

軍事作戦として必要であったわけで、タイ国政府もそれは理解しているものの、国際法違反とか犯罪と非難されれば、日本国政府としても反論はできない。

いまは決着したとは言え、現実にタイ国政府の国有財産を奪った事実は消えない。だから、大本営も「日泰両海軍の働きでイギリス戦艦を撃沈」という玉虫色の発表を行っているが、そこに玉木の名前はない。

言わば、結果は出したが褒められないのが玉木中佐の立場であり、海軍省人事局としても「日本海軍として玉木中佐を評価する」という形は避けたかったのだろう。

それは見ようによっては、海軍省人事局の責任回避と言えなくもない。

「異例なのはわかっている。でもまぁ、自分のような人間をどう処遇するべきか、迷って当然だろう。艦隊勤務の経験もないに等しいしな」

「でも、なぜ丹後の運用長だ？　艦隊勤務が少ないとしても、赤レンガなりなんなりに職はありそうだが」

「じつは、帰国してから藤本さんにあった」

「藤本……」

それが藤本元造船少将であることを思い出すのに、大川大佐はやや時間がかかった。

「お元気だったか」

「お元気だ。病気の予後も順調だそうだ」

「それはよかった」

「まぁ、見舞いがてらにターチンの、いや、いまは戦艦丹後か。それがレパルスの砲弾を受けた時のことを話したんだ。

何が起きて、どう対処したか。記憶にある限りな。それで、藤本さんはなんと言ったと思う？」

よかったな、とか、頑張ったなくらいのことは、社会人なら普通に口にするだろうが、玉木が言っているのは、そんなあたりさわりのない話ではない。それくらいは大川大佐にもわかる。

ただ、あの戦艦ターチンを設計した藤本造船官がなんと言ったのか、それはかりは大川にも予想がつかない。

「わからんな」

「そうだろう。自分も意表を突かれた。あの人はこう言ったんだ。そうやって順を追って説明できるなら、ターチンの運用は成功だったとな」

「順を追って説明できるなら成功……とは？」

「こう考えてくれ、いま自分は軍艦に乗っている。そこで敵艦の攻撃を受けた。わかるのは衝撃だけだ。さて、艦内はどうなる?」

「それは、雷撃か砲撃か?」

「だから、それもわからない。夜間爆撃を受けたかもしれず、機雷原に入ったのかもしれない。わかるのは、衝撃を受けたということだけだ。それで、この状態をどうする?」

「それだけではなんとも雲をつかむような話で、対応のしようがありませんが。爆撃、雷撃、砲撃で、個別対応は違うのでは」

若い将校が異を唱えるが、玉木中佐は嫌な顔ひとつせず、むしろそうした意見を待っていたふうでもあった。

「藤本さんが指摘したのは、まさにそういうことだ。ターチンの場合、すでに駆逐艦はおらず、天候不良で航空機による攻撃も考えられなかった。また周囲に潜水艦も認められていなかった。

だから、攻撃を受けるとしたら巡洋戦艦レパルスからの砲撃しか考えられない。この点は確かに幸運だった。

だがそうだとしても、確認すべきことは少なくなかった。命中弾は何発で、それはどこに命中し、命中した結果、被害はどうなっているか?

それらを即時に把握しなければならない。じつは建造中にも色々と事故もあって、小規模火災も起きていた。

そのため藤本さんに対策を相談していたんだ。それで設置されたのが、中央応急指揮所の状況表示盤だ」

じっさいは事故というより、破壊活動ではないかと玉木は読んでいたが、確証があるわけでもなく、そんな話をここでしようとも思わなかった。

「状況表示盤は各部門からの報告を、名前の通り表示する装置だ。これのおかげで被弾箇所や火災の状況、注排水の必要性の有無を掌握できた。そして、被害箇所に適切な対応ができたわけだ」

玉木中佐は、ほかにも発泡消火剤や難燃性塗料の話などを、その場の将校や士官にした。

それは大川艦長にも耳新しい話であった。そして彼は玉木の話を聞きながら、頭はフル回転していた。

命中弾数のことも無視できないとはいえ、巡洋戦艦レパルスは砲撃で沈み、対するに戦艦ターチンは日本に戻った。

巡洋戦艦レパルスに比べて、あの時の戦艦ターチンの状況は褒められたものではない。強奪し、日本海軍の管理下に置くことが作戦の目的であり、敵艦隊、それも主力艦と戦うことなど考えられていない。

だから乗員も、艦を動かすための最低限度の人間で、定数は大幅に割り込んでいた。

戦闘艦としては非常に悪い条件の中で、二対一とはいえ、勝ったのだ。

しかし、より重要なのはこの先だ。戦艦ターチンはマンパワーが著しく不足している中で、三八センチ砲弾を受け、それを致命傷にすることなく日本に艦を無事に運んだ。

戦艦ターチンでの運用経験など誰にもなく、人手も足りず、相手は世界トップクラスの軍艦。対してこちらは、タイ海軍の法律では戦艦と呼ばれているが、実態は装甲防御に劣る巡洋戦艦だ。

この悪条件の中で、命中弾がたった一発だったとはいえ、損害は最小限度に抑えられた。

藤本式設計も幸いしたのだろう。しかし、やはり戦艦ターチンが帰還した事実の肝は、応急の的確さにある。

少ない人間で的確な指示が出せたのは、状況表示盤のおかげだろう。これがあればこそ、混乱した艦内で的確な判断と命令を下すことができた。だから、マンパワーが足りなくても対処できたのだ。

むろん、海軍の既存艦にも応急指揮所はあるが、状況表示盤はない。正直、大川艦長も戦艦丹後の内部を見学し、状況表示盤も目にしているが、それにさほどの印象は受けていなかった。

だが玉木の話を聞いて、大川艦長も認識を改めた。同時に応急能力の持つ可能性についても理解した。

彼の知る限り、他国の軍艦にはこうした設備はない。じっさい、巡洋戦艦レパルスも戦艦プリンス・オブ・ウェールズもあっけなく沈んでしまったところを見ると、応急面には改善すべき点が多々あったのだろう。

そんな大川の考えを読んだかのように玉木中佐は言う。

「応急の能力が高ければ、艦の生存確率は飛躍的に向上する。満身創痍になっても沈むことなく、日本に戻ることができる。

だとすれば、戦い方も変わる。敵に肉迫し、敵の装甲も貫通するような肉弾戦を行えば、装甲も無敵ではない。

敵も傷つき、我も傷つく、しかし、そこに応急が加われば、彼は沈み、我は残る。つまり、勝利は我の手になる。藤本さんと自分は、そんな話を夜通ししたものさ。

藤本さんが、現役で海軍に戻ることはないだろう。だが、自分はまだ海軍にいる。藤本さんがやり残したことを、実戦で証明できるのは自分だけじゃないか。そう考えたのだ」

「だから運用長か……」

「そうだ」

大川艦長は、玉木運用長の言葉にある種の焦《あせ》りを覚えていた。

いまのいままで、自分は戦艦の艦長という視点でしかものを見ていなかった。しかし、海兵同期の友人は、応急という観点でもっと大きなものを見ている。

それはある種の敗北感にも似ていた。しかし、決して不快なものではなかった。

むしろ大川艦長は考えていた。玉木の提起した視点で、自分の職を見直した時に何ができるのかと。

2

昭和一七年四月付けで戦艦丹後と戦艦相模の二隻は第一艦隊第一〇戦隊を編制する戦力となった。

巡洋戦艦レパルスとの戦闘で傷ついた船体もすでに修理は完了し、二隻とも慣熟訓練を行っていた。

　ただ、第一〇戦隊には司令官がいなかった。適当な少将がいないというのもあるが、編制として連合艦隊司令長官直率という形をとっていることも大きい。

　ならば、連合艦隊旗艦に用いられるようなことがあるかといえば、そうではない。それには戦艦大和や戦艦武蔵がある。

　この第一〇戦隊司令官の椅子が空いている理由は、戦艦丹後と相模の運用が独特であるためだった。

　外国海軍向けに建造した戦艦だけに、日本海軍の影響が色濃いとはいえ、やはり完全な日本海軍の軍艦でもない。

　特に巡洋戦艦ながら、直接防御を間接防御で補うという思想は、やはり特異であった。そのため戦艦丹後と相模は一隻ずつばらして、適当な戦隊や艦隊の支援にまわすという運用が考えられていた。

　これには、空母機動部隊に追躡《ついじょう》できる高速戦艦が金剛型四隻しかないことも関係していた。三二ノット出る丹後や相模は空母部隊と行動をともにできる戦艦としての運用が期待されていたのだ。

　だから戦隊司令官は置かず、軍隊区分で編入された艦隊や戦隊の指揮下に入ることになっていた。

　そんな中で、玉木運用長は大川艦長に呼ばれることになる。それは洋上での訓練航海の時である。ワードルーム（士官室）で食事も終わった頃、大川艦長が切り出す。

「本艦の消火能力で、ほかの軍艦の消火を支援できるだろうか」

世間話風ではあるが、それが玉木運用長に向けられたのは明らかだった。

「外部からの放水ですか。完全に不可能とは言いませんが、あまり意味がないでしょう。

ポンプで届く範囲は一〇〇メートルがせいぜいでしょうが、そこまで接近すれば衝突の可能性があります」

「衝突か……」

「空砲を撃って衝撃波で火災を吹き飛ばせんか」

若い将校は言う。

「本艦の火災なら、状況によってはそれもありかもしれない。しかし、ほかの軍艦に対しては難しいな。結局、衝突しない距離からの作業となれば難しい。僚艦を頼ることなく、自分の応急は自分で行わねばならん」

「それでも何か支援はできないか」

玉木運用長は、艦長が妙なところを執拗《しつよう》に問いかけてくることに違和感を覚えた。ただ艦長がそこまで言うからには、何か理由があるはずだ。

「そうですね。まず傍目八目《おかめはちもく》というか、損傷を受けた艦が外からどう見えるか。そのことを伝達することはできます」

「第三者の視点か？」

「そうなりますね」

「ほかには？」

「それに関連して、応急に関する指揮の支援でしょうか。何をどうすればいいか具体的には思いつきませんが、被害艦が混乱し、応急が円滑にできないのであれば、応急の指揮を支援することは可能かもしれません」

「それをやるとして、何が問題になる？」

「確実な通信手段でしょうか。我々の時は状況表示盤があり、電話が機能していましたが、その点は非常に幸運だったと思っています」

「なるほどな」

「いま思いつきましたが、応急も最後は人間の数になります。

それに、外部からの消火作業なら大型艦より小型艦のほうが向いています。小回りが利きますし、衝突しても影響は軽微です。

我々とだったら、火災よりも衝突のほうが相手の被害が大きいかもしれません」

それは玉木なりの冗談だったが、笑う者はいなかった。

「そうですね。一〇〇〇トン程度の高速艦で強力なポンプを持っている。放水がいいのか、それともホースでポンプの水を被害艦に送るのがいいのか、そのへんはなんとも言えませんが。

その船には運用科の人間が、いや、応急担当の専門部隊みたいな人間ですね。それが乗っていて、被害艦に乗り移って支援する。人間が乗り移れるのですから、負傷者の収容もできるはずです」

「新造艦とはいかないが、既存艦の改修なら神風型とか睦月型駆逐艦あたりか」

「既存艦なら、そんなところでしょうか。乗り移るのに何か機械が必要かもしれません。梯子か何か。それに、放水ホースを持たせることも可能かもしれません」

「なるほど」

大川艦長は大急ぎで、手帳に何か書きとめる。

「艦長、なにか？」

「さきほど入った命令だ。ついに我々は実戦参加する」

実戦参加の報にワードルーム内はざわつく。

「第五航空戦隊に編入され、作戦支援にあたるという。空母は可燃物を満載した脆弱な軍艦だ。あるいは我々の応急能力が必要になるやもしれん」

「それで艦長、目的地は？」

「ポートモレスビーの攻略と聞いている」


（次巻に続く）

RYU NOVELS

異邦戦艦、鋼鉄の凱歌

マレー沖の激突！

2017年2月23日　初版発行

著　者　林《はやし》　譲治《じょうじ》
発行人　佐藤有美
編集人　安達智晃
発行所　株式会社　経済界
〒107-0052
東京都港区赤坂 1-9-13　三会堂ビル
出版局　出版編集部☎03(6441)3743
　　　　出版営業部☎03(6441)3744
振替　00130-8-160266
ISBN978-4-7667-3243-6

印刷・製本／日経印刷株式会社

Printed in Japan